黄色い自転車

珈琲豆屋のひさこのエッセイ

さかいひさこ

ゆいぽおと

黄色い自転車

珈琲豆屋のひさこのエッセイ

さかいひさこ

黄色い自転車　珈琲豆屋のひさこのエッセイ　もくじ

お正月の写真撮影

お正月の写真撮影

子供たちが小さかったとき、息子と娘にお譲りで着物をいただいて、これはいい、お正月に着せて写真を撮りましょうと、玄関のまえで写真を撮ることを始めました。

恥ずかしそうに、お兄ちゃんにくっついて写っていた妹が、カメラ目線でポーズをとるようになり、二人の着物がしだいに短くなって買い替えたり、妹が歯抜けになったり。

お兄ちゃんが、僕は着物はもういいよ、と言ってコート姿で写るようになった頃、ショッピングセンターにある店の元旦休みはなくなって、お正月の写真も撮らなくなりました。

数年、続けて撮った写真。お飾りのついたドアの前で澄ましたり、ニッと笑ったりした表情は、どれもお正月を素直に喜んでいる風で、今もわたしのお気に入り。

ああ、撮っといてよかったと思っています。お茶目な妹には、頭の上に鏡もちを載せている一枚、というのもありまして。

その季節に撮った写真を出してきて飾るのも、楽しいものです。さて、今回はどれを飾っちゃおうかな。

二〇〇九年十二月二十六日

最新型のポット

息子にプレゼントが当たりました。「みんなで使う？」と見せてくれたそれは、マンガに出てくる太ったニワトリみたいに愛嬌のある形で、私は一目惚れ。「ありがと。使う、使う」即座に返事をしていました。ようこそ、湯沸しポット君。

早速、使ってみると。

まだ、しばらく続きそうな毎晩の鍋料理に、さし湯をするとき、便利。子供たちがラーメンを作るときも、あっという間にお湯が沸いて、便利。ほんとに、テレビでやってる宣伝の通りだ、と感心することしきりです。

実は、あまり新し物好きではありません。現状に満足して暮らしているというか、好奇心が乏しいというか。物を持つと、何にでもある程度のメンテナンスは必要なので、できるだけ質素にしていたいという気持ちもあります。

そんな私のところへ息子を介してやって来た、最新型のポット。地味な生活ポリシーも、ひとまたぎ。縁があったんだなあ。予想もしなかった物や人と、出会った驚きとうれしさ。これからの時期、ますます多くなりますね。もうすぐ春です。

二〇一〇年二月二十八日

季節外れの盆踊り

運動を始めました。「固まった体をほぐしたい！」という念願がかなってのことです。目が悪いのとパソコン仕事で、普段、肩と背中は板のよう。動けるか心配ではありました。不安、的中。負荷をかけて筋力をつけるマシンは、なかなか動きません。指導員さんも苦笑い。「楽しく体を動かすのは、どう？」と、見かねた友だちが勧めてくれたのはエアロビクス。

（し、しまった……）

まわりの人が、次々と動きを変えていくのについていけません。一連の動きを繰り返すのですが、あせるとますますわからなくなります。せめて手だけでもと真似てみても、鏡に映る姿は〝季節外れの盆踊り〟うーん。

情けない状況は続いていますが、不思議なことに、結構満足しています。体が温まって、ほどよい疲労感も味わえる。自分のために時間を使えるのもうれしいことです。

精進、精進。

風呂上りのわき腹、パンツのゴムの上の〝お餅〟を笑う家族が、「あれっ？」と驚く日もやってくるかもしれません。

二〇一〇年五月二十七日

雲の上の彼女に笑いを

大好きな友だちが急逝しました。

大胆。でも繊細な、ユニークな人でした。たまには夜遊び、と素敵なワインレストランを予約したときは、「カパカパ飲むで、お金たんまり持って来て！」と宣言し、仲間を青くさせました（実際はおしゃべりに花が咲き、そんなに飲めませんでしたが）。

そして、のんびり屋であまり気が利かないわたしに、

「サカイさん、それはイカンで」

こっそり注意してくれるのも彼女でした。

悲しくて、じっとしていられなくて、ウロウロ。そしてなぜか、おならがプスプス……。

「かあさん、いっぱい泣いてるから。その度にヒクッ、と空気を吸い込むからだよ」と家族に分析されました。

そうか。でも、そうだったら、みんなプスプスしてるはず。
（アハハ。あの人たち、どうしちゃったんだろ？）
彼女も、雲の上で笑っているかもしれません。

わたしは、やっぱり泣き笑い。ちょっと情けない顔をしています。

でも今までの感謝をこめて、これからもあの手、この手。彼女に笑ってもらえるような、奮闘する姿を見せていこうと思います。

二〇一〇年九月三十日

元気に出かけて帰ってくること

息子はいつも「行ってきます」と言うと、スッと出かけていきます。娘について言えば、帰ってきたときの思い出があって、それが強く印象に残っています。

中学生のとき、部活で選手に選ばれなかった日、高校生のとき、ボーイフレンドとすれ違いがあった日、我慢いっぱいの顔で帰ってきて、わたしの顔を見るなり突つかれた水ふうせんのように涙をこぼしたのです。

出かけて帰ってくる間には、いいことも嫌なこともいろんなことがあるでしょうが、娘のようなことがなければそれは親にはわかりません。話をしてくれたらへえーっ、そうだったのと聞いて、見守るのが常です。

できれば、子供たちに楽しいことやいいことがたくさんあるといいなと思いつつ、いやいやその前に、世の中いろいろあるんだし、元気で出かけて行って帰ってくることは、決して当たり前ではないんだよなと思う、今日この頃です。

今年も、いつもの生活を大事にして、健やかに暮らせますように。

二〇一〇年十二月三十日

めがねはおしゃれ

めがねを拭いていたら、真ん中でポキ！と折れてしまいました。ショック。お気に入りだったので。どのくらい使っていたのか指折り数えてみたら、五年ほど。よーく、使ったから仕方ないか。

コンタクトレンズも使います。でも、掛けはずしが楽なので、横着度が増してきた最近は、もっぱらめがねに頼っています。それと、旅先で撮った写真を見て気づいたこと。めがねを掛けていた方が年々進む、たれ目をカバーできるのです。

情けないわたしですが、今、世の中的には、めがねはとってもおしゃれ。掛けることで、カッコ良さや可愛さを際立たせている人を〝メガネ男子〟〝メガネ女子〟と形容するほど。値段も手ごろなものからあって、昔は高価で硬いイメージだっためがね、ずいぶん変わりました。

わたしも、四本、持っています。ここ数年で一番のヒットは、度入りサングラス。眩しさガードはもちろん、目の疲れも軽くなった気がして、もう一年中、手放せません。さらに、「寝坊して、お化粧する時間がなかったからって、友だちがおっきなサングラス掛けて学校に来た」と女子大生の娘。

それ、楽でいい！と思いましたが、考えてみたらわたしは、サングラス（もしくはスッピン？）で店番、という訳にはいきません。お客様を驚かせる前に気づいて、何よりでした。

二〇一一年四月二十九日

できることから、とにかく一歩

東日本大震災が起きたとき、なにかできることを、とネットで探していて、必要とされるものを直接現地に送る活動を見つけました。使うつもりで買ったけれど使う機会がなかったもの、サイズが微妙に合わなくてとっておいたもの。使ってもらえたら、眠っていたものたちも幸せです。何度か、荷造りしてお送りしました。

ある日、家に帰ると留守電にメッセージが。

「○○避難所です。ご支援、ありがとうございました」お便りもいただきました。

「元気に復興しましたら、こちらへも遊びに来てください」

たいへんなときに、恐縮してしまいます。でもお元気そうな声や、力強いメッセージをいただいて、うれしかった。荷造りをしながら、こんなわずかなことでいいかしらと、二の足を踏みそうになっていましたが、できることをさせていただいてよかった。はじめの一歩はいつも、なかなか踏み出せないのです。

……と考えていたら、夏休みに入った娘が、子供と活動するサークルでお手伝いを始めました。横着者のイメージをくつがえし、奮闘する様子に家族はびっくり。何はともあれ、軽やかな〝はじめの一歩〟でした。

できることから、とにかく一歩。ほんとうに、そう思います。

二〇一一年八月二十日

娘の彼に「はじめまして」

「彼が送って来てくれたよ」

玄関で夫がわたしを呼んでいます。娘と遊びに行った帰りに、彼が家まで送ってくれたようです。会いたいなあ、と思っていました。あいさつに行かないと。

娘のことは一応、信用しているので、娘がおつきあいする彼もいい人なんだろうと思っています。だから会うのは楽しみ。それから、いいところもあるけど、不出来なところも少なくない我が家の娘と仲良くしてくれてありがとう、というお礼はまず言いたいです。

わたしに似て、楽しいこと、いいことは黙っていられない娘から彼のはなしはたくさん聞かされていましたが、思っていた通り、生き生きした感じのいい彼でした。会えて、さらに安心。これは親心です。

そして数十年前、仲良しの男の子たちが家に来ると、母の淹れたお茶を飲みながらいつもより大人っぽい顔をして父や母と話すのを、くすぐったいような気持ちで横から見ていたのを思い出しました。

娘もそんな顔をしていたようなな。どうだったんでしょうね。

二〇一一年十一月二十七日

激変?!通学事情

小・中学生のとき、通学路は田んぼのあぜ道でした。高校生になると電車通学になったのですが、「山線」と呼ばれるほど田舎の電車は、一時間に二本ほど。通学時間の混雑にめげてしまい、一本早い電車に乗るようになりました。最寄の駅で降りるとそこからは自転車で、という生徒がほとんどでしたが、しんどいことに学校は山の上。坂を上りきる自信のないわたしは、駅からてくてく歩いて通っていました。

犬を連れて散歩している高齢のご夫婦に会うのも楽しみでした。毎日顔を会わせるうち、ごあいさつして言葉を交わすようになり、会わないと何だか心配に。進学が決まったときには、通っていた道沿いにあるご自宅に遊びにいかせてもらいました。これからもがんばってね、と励ましてくれるご夫婦を優しいなあ、と思いながら緑茶をすすり、よし、新生活、がんばろう！と決意を新たにしたのです。

ところが四月、早くも厳しい現実が。上京したわたしが通学に使う電車は、なんと当時、日本でいちばん混むと言われた路線だったのです。乗るのはたった三区間なのですが、後ろから押し込まれるように乗り込んでやれやれ、と思いきやさらに一押しされて、なんとかドアが閉まる。車内は苦しいほどぎゅうぎゅう詰めで手も足も動かず、乗ったときの形のまま、降りるまでひたすら我慢。もはや嫌だとか、めげるという域は超えて驚きでしかありません。ある日、銭湯で体重計に乗ったら三kgほど減っていました。

もし名付けるなら「環境激変びっくりダイエット」かなあ、としょうもないことを考えつつ満員電車から降りた朝、気が緩んでいたのでしょうか、足がつるっ！　あっと思う間に駅の長い階段をおしりでダダダダ、滑り落ちてしまいました。うぇえ、痛ーい。目も開けられず座りこんでいると、「大丈夫ですか」と頭上から声が。どこにも優しい人はいるんだと泣き笑いしつつ、新生活、もう何が起きても驚かないぞ、と開き直ったわたしなのでした。

二〇一二年三月三十日

行き帰りも楽しむ

爽やかな季節になりました。天気がいいと出かけたくなりますね。

サービス業に従事しているので、ゴールデンウィークには縁がないのですが、子供たちが小学生だった頃、家族で出かけたことがありました。電車からバスに乗り換えて。郊外のテーマパーク行きのバスは満員です。

いちばん後ろのまん中の席に子供たちは座れて、わたしたちはその前に立ちました。おとうさんと出かけられるのがうれしくて、子供たちはいい子にしていましたが、バスが渋滞にはまってしまって、ちょっと退屈。

突然、十円玉を取り出す夫。うちへ遊びに来る姪っ子をもてなすために普段から練習していた手品を、子供の前で始めたのです。

「これがね、こうなるだろ?」時間をもてあましていた周りの人たちも、なんか始めたなあ、という顔をして笑って見ています。息子は言います。

「あのときは、うれしかった。みんな、見てたよね」

料理上手の当店のスタッフは、車中、お腹が空いたときのために、おいなりさんを作って持っていくそうです。ボン・ジョビが好きなわたしの友だちは車でＤＶＤをかけていたら、子供がすっかり覚えてしまったと笑っていました。

着いたらもちろん、行き帰りの道中も奥が深いお出かけ。楽しめるといいですね。

二〇一二年四月三十日

図書館は宝箱

「今から絵の教室があるの。ひさこちゃんは終わるまで本を読んで待っててくれる？」

……というわけで、それまで一緒に遊んでいた友達にくっついて、初めてまちの図書館に行きました。小学校三年生だったと思います。

静か。それに学校の図書室とちがって、大人も読むような普通の本もある！　読むことが大好きだったわたしにとって、そこは素晴らしい場所でした。

今は、子供のときのように時間を忘れて入り浸りになったり、気になる本をあれもこれも借りてきて、家に着くやいなや寝転がって読みふけったりという技は使えなくなりましたが、訪ねるたびに心躍る場所であることに変わりありありません。

でも、ついつい欲張って借りてしまうと、返却期限までに読みきれなくてかなしくなるので、気をつけます。寝る前にベッドに転がって読むだけでは、そうそうたくさん読み進められないのですね。字を追いながら寝てしまうこともありますし。

それで、のんびりながめるような写真集や、なつかしい絵本なども取り混ぜて借りるようになりました。それもまた魅力的。いろんなジャンルの本にチャレンジできる図書館は宝箱のようです。

静かな図書館できりりと並ぶたくさんの棚を、ゆっくりながめて一冊、もう一冊と選ぶしあわせ。図書館はとてもいいところです。

二〇二二年五月三十一日

予定は変わるもの

手帳の〝やることメモ〟に書いたことを済ませて、斜線ですっと消すと気持ちのいいこと。ところが最近消せるのは、仕事や家庭関連の優先順位が高いものばかり。急ぎではない、つくろい物とか庭の手入れは、ここ何週間か繰り越し作業になっていて、気になっていました。

というのは、そうした地味でのんびりした仕事が好きなので、早くとりかかりたい。やらなければならないことを手際よく済ませればいいのですが。日々の生活はそう簡単にいかないもの。すぐに片付くと思った用事に時間がかかってしまったり、夫に急な仕事をひとつ頼まれたり。うまく時間がとれても、暑さや雨で庭に出られない日もあれば、疲れて早めに寝ることもあって。

やりたいことがたまるばかりだなあ、とモヤモヤした気分になってきたとき、パラパラとページを繰っていた本で見つけました。

「予定は変わるもの」

「変われば、変わったなりの新たな展開がある」

わたしの好きな染め物でも、思った通りの色ではなかったけれど、それ以上にうれしくなるような色が出ることがあるので、なんとなくわかる。逆に（うーん、こうなるか）という展開もあるのですが、それも含めて予定通りではないことには、味があると言えましょう。と思えば、進まない物事も、流れがくるまでは抱えていてもいいかな。

モヤモヤ気分は手放して、のんびりと。暑い暑い夏ですし。

二〇一二年七月三十一日

焦りがじわじわ

うーん、間に合わない。やらなければならないことも、やりたいことも思うように進まないと、じわじわ焦り出します。

父親のリクライニングチェアーに暖かいカバーを作ってあげようと思っていたのになかなか手がつけられません。急に寒くなってしまったし、どうしよう、とじわじわ。そんなとき、よさそうなカバーを売っているのを見つけました。薄くクッションが入っていて、暖かな肌触り。このタイミングで見つかったのはラッキーだったと買うことに。どう作ろうかと楽しみにもしていたけれど、創作意欲は別の機会に発揮することにしました。

今年の夏、久しぶりに夏バテをしてから、プールでたくさん泳げなくなってしまったことにも、じわじわ焦りが。短時間でも練習に行って、体力を回復させようと思っていても、予定がずれたり用事が入ったりして行けなくなると、さらにじわじわ。

もっと時間がほしいなと思いつつ、大急ぎでプールに行ったある日、「さかいさん、忙しそうだね」と隣のレーンから神の声。正確に言うと、神様のように泳ぎが上手なプールの先輩の声。どう泳いだらいいのか迷うことがあって、お顔を見たらぜひ聞きたいと頼りにしていた方でした。運がいい！　大事なポイントを教えていただいて、気持ちが上向きになりました。

思っていたようにはいかなくても、タイミングや縁のようなものに助けられて、いいほうへ転がることもあるようです。何とかなりそうと思うと、焦りも消えますね。

そもそも焦らなくて済むような、段取りや余裕があればいちばん良いのですが。

このエッセイ、然り。もっと早く取りかかることを来年の抱負にいたします。

二〇一二年七月三十一日

おーい、アイ!

今の家に引っ越してきたとき、子供たちのためによかろうと犬を飼うことにしました。生後一か月でもらわれてきた犬はビーグル犬と雑種のミックス。名前どうする?と尋ねたら「アイリー!」と幼稚園児の息子が即答。アイと呼ばれることになりました。

夫は日課のウォーキングから帰ってきたら、犬の散歩もするよと言ってくれて、アイの大好きなお散歩が始まりました。「おーい、アイ!」と夫が帰ってくるのを、首を長くして待ち構えています。お人(お犬?)よしで、よその犬に会ってもうれしそうに近づいて行くし、帰ってきて餌を食べているとき、野良猫に横から顔をつっこまれても、一緒に食べさせてしまうような犬でした。

苦手なのは雷。雷鳴が聞こえると震え上がり、キャンキャン鳴いて台所の土間に入れてもらうのですが、音が大きくなるにつれてパニック状態に。近くにあった冷蔵庫のいちばん下、野菜室の引き出しをガリガリ引っ張り出して、その中にダイビング！　とにかく身を隠したかったのでしょうが、冷蔵庫は修理を頼むはめになりました。

特に手をかけてやることもありませんでしたが、暑いねえと話しかけては犬小屋の上にすだれをつってやり、寒いねえといってはコーヒーの生豆が入ってくる麻袋を敷いてやり、気がつくと丸十六年と四か月たっていました。

子供のとき噛まれて犬が苦手だったわたしは、後に家で犬を飼うようになったら大丈夫になりました。でも三歳のとき、来たばかりのアイにじゃれつかれてこわいと思った娘は、残念ながら最後まで近寄ることができませんでした。

いて当たり前だったアイがいなくなって早一年。もう一度子犬を連れて来たら、今度は娘も慣れるかしら。「そうだね、飼いたいね」アイがいなくなって寂しがっていた息子はすぐに賛成。そのときは、またいい名前を考えてくれるにちがいありません。

二〇一二年八月三十一日

秋を呼び込む運動会

夏休みが終わると、秋を呼び込むように運動会の練習が始まります。一生懸命やっているると、あれ、もう?という感じでその日はやって来ます。はためく万国旗、かけっこを盛り上げるにぎやかな音楽。クラスやチームがひとつにまとまる応援合戦。普段とちがう、はじける感じにわくわくします。

家族が見に来てくれるのも、うれしいような、恥ずかしいような。わたしは走るのが速いわけではなかったので、見に来てもおもしろくないんじゃないかと思っていましたが、親になったらわかりました。元気よくがんばっている子供たちのなかに、自分の子供を見つけるだけで(いた、いた!)とうれしくなるのです。

かけっこのほかにも、組体操やチアガールの演技など、見どころはたくさん。そのがんばりに拍手を送りながら、ここまで指導してくださった先生も大変だったにちがいないと感謝するのが毎年のことでした。

晴れればうれしいけれど、まだ暑くて、日に焼けてしまうような秋の一日。無事に終了すれば、やりきった子供たちはくたくた。見守っていた大人たちもほっとして疲れが。写真や動画を見るとまた盛り上がったりするのですが、帰ったらとりあえずごろりとひと休み。うとうとして目覚めると薄暗い夕方。
（うわ、晩ごはん、どうしよう）とあわてるのも毎年、のわたしでした。
二〇一二年九月十六日

家族でツアー旅行

箱の中のおひなさま

　今年はおひなさまを出せませんでした。娘が生まれてから毎年、なんとか飾ってきたのにとても残念。そう、なんとか。いつも余裕があって飾れたわけではなく、あれもして、これもして、ああ、おひなさまも、という具合だったので、今年はそんな余裕のなさに上積みするように用事が重なってしまったから、仕方ないのですが。

　実家の母親は大きいものが好きで、わたしのおひなさまも七段飾りでした。でも、飾るのは大変。一年に一度、和室にたくさんの大きな箱を広げておひなさまを飾る作業はたのしかったけれど、時間も心の余裕もないとても飾れません。

　娘が生まれて、おひなさまのことを考えたとき思いました。小さくてかわいいおひなさまにしよう。スポンサーを名乗り出てくれた母親は案の定、「え？　大きくなくていいの？」と拍子抜けしていましたが、娘に似た丸顔の、木目込み人形のおひなさまが娘のもとに来てくれました。

　毎年、欠かさずに飾り、かわいいねえと愛で、脇に娘を座らせて記念写真を撮ってきました。見返せば、微笑をたたえて変わらず愛らしいおひなさまの横で、娘はだんだん大きくなります。ですが、それにつれて家にいる時間も短くなり、つかまえて写真を撮るのも一苦労、というのが子育ての笑えるところ。

桃の節句が終わってもおひなさまを出したままにしておくと婚期が遅れるといいますが、おひなさまを出しそびれても何か、あるのかな。と、気になるほどしょうもない娘。おひなさま、今年は箱の中ですみません。引き続き、見守りをおねがいします。

二〇一三年二月二十七日

春のおしゃれ

ただいま春休みです。街には私服でおしゃれした中高生がたくさん。制服を着なくていいこの時期は気合も入るのか、ちょっとくらい寒くても軽やかで明るい服装が多く、春先取り！といった感じです。テレビでも女性タレントが「三月に入ったら冬物は着ません」とポリシーを語っていて、感心。寒がりのわたしはそこまで極めることができません。

それでもさくらの開花に一喜一憂し、春の気配を日に日に感じれば、冬っぽさからは抜け出したいもの。薄手のコートでは寒い日には、やはり冬物のピーコートに手を通しますが、ウールのマフラーではなくコットンの巻物にしてみるとか、涙ぐましい抵抗を試みたり。「暖かかったり寒かったりで、何を着ていいかわからないよね」という会話が飛び交うのもちょうどこの頃。

そして四月。着るものに迷って右往左往しているうち、唐突に暑い日が混じってきます。それで、もう半袖でいいか、カーディガンでもはおれば……と思うと、夏物にも出番が。かくして、しまえずにいた冬物、年中着ている長袖、ひっぱり出した半袖で引き出しは膨れ、そのどれかを選んで着るので、これまた毎年「春物って持ってないんだよね」という会話が繰り返されるのです。

加えて、暑さ寒さの長期化で春物の立場はますます危うくなり、衣替えもしにくい状況に。雑誌でも見ました。

「衣替え不要。一年間着回すワードローブ特集」

もうそれでいいのかな。季節感は出したいけれど。

街行く春色の人は楽しそうに見えるから、わたしももうちょっと服のこと考えてみよう、とやる気も芽生えた春の日です。

二〇一三年三月三十一日

家族でツアー旅行

ツアー旅行を予約しました。わたしが、子供たちとわたしの父を連れて出かける予定だったので、添乗員さん付きのツアーがよかろうということで。ところが、娘が行けなくなり、頭数が減ってもさみしかろうと急遽、夫が参加することになりました。夫婦二人揃ってツアー旅行にお世話になるのは初めてです。

面白かったです。団体行動だと動きは遅いのに予定は山盛り、というマイナスイメージが強かったのですが、実際は団体であることが良いのです。

朝、バスに乗り込むと学校のように「おはようございまーす」とあいさつ。「きょうも一日、楽しく過ごしましょう」と笑顔で語りかけてくれる添乗員さんにみんなで拍手。寄り合いのような温かい雰囲気に、子供時代をいなかで過ごしたわたしはうれしくなってしまいます。

ホテルや食事も、今まで自分では選ばなかったようなことが楽しめ、しかも個人では手の届きにくいちょっと贅沢なお部屋や料理も含まれていたりして、これも団体でお世話になるおかげだねと夫とうなずき合ったのでした。

車中ではバスガイドさんの流れるような説明。今回お邪魔した沖縄は大好きで、もう何回も訪れているのですが、いつも何気なく通っていた町の歴史や現状を知ることができ、興味深く聞き入りました。

おっとりと優しい語り口なのに、てきぱきと手際よく、みんなをとりまとめてくれた添乗員さんの仕事ぶりにも脱帽。「ショーが見たいなあ」という父の希望は、彼女に教えてもらった民謡の聴ける居酒屋さんで叶えられ、歌のうまい娘さんの可愛さに思わず「ツーショットで写真を」と言わせたほど、満足な時間を過ごすことができました。

実は父、旅行社に勤務し、ツアー旅行にも長く携わっていた人。こんな風にお客様を喜ばせる仕事をしていたんだなあ、と多忙な頃の父を思い出した旅の終わりでした。

二〇一三年六月十六日

いつでもどこでも

暑い夏、夕方からいい風が吹いて涼しくなった夜は快適で、いくらでも寝られます。朝、起きなくてよければ、お日様が昇ってきて暑くなるまで寝ていたい。と言っても、実はいつでもどこでもよく眠れるわたし。結婚したての冬、夕方こたつで横になったら熟睡してしまい、夜、夫が帰宅したとき、家の中は真っ暗。うちの奥さんどうした?!と驚かせてしまったこともありました。

眠れるのはリラックスしているからだし、疲れもとれるので、とてもいいことだと思っています。小さかった子供たちと午前と午後、外遊びに出ていた頃はいちばん疲れていて、「お昼寝しよう」と横になると真っ先に寝てしまうのは、わたし。そして「かあしゃん」と起こされるまで寝ていました。

今も晩ごはんが済んでひと息つくと、ソファーでぐっすり。ほんとうはチャッチャと片付けて、寝る時間を早くした方がよいのですが、見ても見なくてもいいようなテレビをながめつつ、ゆるく眠りに入るのは至福の時間。おなかの上に飼い犬も寝に来て、呼吸に合わせて上がったり下がったりする様子を家族は笑っているようです。

犬も面白くて、寝言のように何かつぶやくこともあります。人間の赤ちゃんも夢を見るのかニッコリしたり、泣き顔になったりしますね。息子も寝ているのに口元がくちゅくちゅ動いて、夢の中でもおっぱいを飲んでるよ、とよく笑われました。懐かしく思い出して語ると「いつの話だよ」と軽く嫌がられますが、幸せに眠れるのは最高!と信じているので、これからも言ってやるのです。

二〇一三年七月二十九日

ケーキの割安販売

数年前のエッセイで、日傘はとても暑さを和らげるので男の人にもおすすめと書いたところ、猛暑もあってか男性用日傘、本当に売れ出しているようです。わたしのアイディア、良かったんだと低い鼻をこっそり高くしています。

自営業の夫は、自分のアイディアで仕事を作りながら働いている人なので、いつでもどこでも、これはこうするといいかな、と考えているようです。ケーキのショーケースの前を通れば「一個買いするものじゃないから、複数買ったら割安になって、たとえば四個で千円になったらうれしくない？」と。うちは四人いて、みんなケーキを食べるから、それなら買っちゃうかもね、と言うと満足気。

ところが面白いもので、アイディアが出るのは人様の仕事に関することばかり。自分の専門になると、うーんと唸っていることが多いのです。そんな話を美容院でしたところ、スタイリストのお兄さんいわく「自分の専門だと、いろんなことがわかり過ぎていて、かえって難しいんですよ。発想の枠を狭めてしまうんですね」納得しました。

夫が考えたケーキの割安販売は、当店のスタッフに一蹴されました。ケーキを買うときは、ちょっと贅沢をしている気分も楽しんでいるのだから安くなくていい、いや、安くなるなんてとんでもない！と。わたしはまた納得。夫は「そういう考えもアリかあ」と驚き、読みが外れたことにへこんでいました。でも不屈のアイディアおじさん、次はどんな案で挽回を図ってくるのでしょうか。

二〇一三年八月三十日

健康診断は楽じゃない

朝晩涼しくなってほっと一息。そして考えました。そろそろ健康診断に行かなくちゃ。会社や学校のように一斉にやってくれると確実に受けられるのですが、主婦は自分で予定を立てて申し込みをしないと始まりません。

健康でなくなったら、仕事に支障をきたすし家事もたまってしまう。と、まず考えるのはそんなこと。でも、自分がしんどくなることを忘れちゃいけないよね、と気力を奮い立たせて申し込みの電話をします。

健康診断は楽ではありません。前日の夜からの絶食。水も飲めないとなると、かえってやたらのどが渇くような気がするし、朝ごはんを食べずに出かけるのは、朝ごはん大好きなわたしにとってかなり切ないこと。ぺちゃんこのお腹で病院に着いて、「飲んでください」と渡されるコップにはバリウムの飲み物がたっぷり。普段でも膨れやすいお腹に全部流し込むのは至難の業です。

目を白黒させながらゲップを我慢して撮影し、健康診断、無事終了！となると、ほっとする間もなく入れたものを出す段階に。そのための薬を飲むとお腹ゴロゴロ、なんだか力も入りません。友達は具合が悪くなったと言っていました。歳が増えると回復力、衰えるねと笑いながら。

なんとか元に戻って、ひと安心……いや、結果がまだでした。

春に健康診断の通知をもらっても、ぐずぐず申し込みを延ばすのは、結果にたどり着くまでの、こんな険しい道のりが理由なのです。

二〇一三年九月二十九日

手づくりは素敵！

リングピローというものがあると知ったのはつい最近です。結婚式のときに新郎・新婦の指輪を入れてはこんでくる箱に文字通りまくら、というかちいさな座布団のようなものが敷いてあるのですが、それが箱を含め、いろいろにデザインされて結婚式の大事な小物になっているらしいのです。

式を控え「どうしようかな」という娘に、「作ってあげる」と言いたいところですが、力不足なわたし。どんな感じで世の中に出回っているものなのか、いまひとつピンとこないのも正直なところ。

思いついたのはひとりの友達です。おしゃれで、物づくりも大好きな彼女ならどうだろう。連絡して事の次第を話すと、お稽古に通っている教室で作っているのを見たことがあるとのこと。そしてリングピロー作りを引き受けてくれました。

レースで飾られた、白いハート形の箱に、やさしい色の花がいっぱい。その中にふたつの指輪を掛けられるリングピロー。娘をちいさいときから知っている彼女が、この日を祝って丁寧に作ってくれました。ほんとうにきれい。


クリスマスにも、娘は手作りのプレゼントを頂いていました。娘の彼が、おばあちゃんのミシンを借りて作ってくれたのは〝だんなさん〟という文字と自分の年齢を縫い付けたクッション。「お尻に敷いてくれていいからね」という傑作でした。

手作りは素敵！と再認識。そして、娘が幸せ者であることはまちがいありません。

二〇一四年一月二十九日

気持ちの立て直し

「ママって、おはらいに行くよね」と娘。「うん、行くよ」どうもいかんなあということが続くとおはらいに行くのは、夫の両親であるじいちゃんとばあちゃん譲りの習慣です。下がり気味の運気を、平穏に過ごせるように導き上げてもらうため、お願いに行きます。娘の友達も、おはらいに行こうかと思うような状況らしいと言うので、そう思うんだったら、気持ちもすっきりするから行くといいよ、とすすめました。

それほどではなくとも、日々の暮らしには気持ちの立て直しがちょこちょこ必要。穏やかに過ごしたい、深く落ち込むことのないようにしたいと願っているものの、最近も駐車場のフェンスに車のおしりを接触させて慌てたり、スイミングのレッスンが変わると聞いて不安になったり、なかなか思うようにはいきません。

そんなときは小そうじ、小かたづけ。身の回りをきれいにすれば、福の神もそばに来やすくなるのでは、という安易な考えから始めたのですが、手軽にできるし、結構作業に集中するので、気になることを頭の中でこねくり回す余裕もなくなる。ちょっときれいになった、さっぱりしたと思う頃には気分転換もできています。

居間の窓拭きをして、この間は、台所のコンロそうじもしたし、家の中、ピカピカになるなあ、と気分良くなったところで気づきました。そんなにきれいにするところがあるなんて、普段のそうじ、どうなの？

……よいか。平穏でありたければ、細かいことを気にしてはいけないのです。

二〇一四年二月二十八日

いい声は魅力倍増

晩ごはんを食べて、ほっと一息。いすに座ったまま、ぐうと寝てしまう特技がわたしにはあります。目が覚めると結構な夜中。ずいぶん寝たなあと慌てて台所に立って洗い物など始めるのですが、そんなとき、つけたラジオからいい声。低い声で穏やかな語り口の男性アナウンサー、きっと素敵な人だろうと聞きほれてしまいました。男性のいい声が好きで、格好良さ二割増し！などと思ってしまう質なのですが、男女を問わず、いい声は魅力を倍増させます。

でも、わたしが勝手に思い浮かべるご本人のイメージと実像が、わりと違っていたりすることも面白いところ。地元のラジオ局、しっとりした素敵な声の女性ナビゲーターが、写真を見たらイケイケ風の元気そうなお姉さんだったり、勢いのいいおしゃれなトークをする男性が、思いのほか真面目そうな普通の人っぽい方だったりして、声と本人のキャラクターにはあまり関連性はないのでしょうか。

中年である自分は〝いい大人〟として、落ち着いた良い感じの声で話したい。慌てず、騒がず、雑にならず、内面から穏やかであることは大事でしょうね。逆に、すごく慌てることがあって（どうしよう……）と冷や汗をかくようなとき、ゆっくりできるだけ落ち着いた声で話すと、気持ちも穏やかになったりします。

泣き声、笑い声、ぼそぼそした声、と興味深いのは子供の声。その時期だけの声ですし。息子がしゃべり始めの頃、「かあしゃん」と呼んでくれる声を残しておきたくてテープも買ったのに、結局、録りそびれて残念でした。あえて画像なしの〝録音〟をして、数年後、その声に聞き入る。面白そうではありませんか。

二〇一四年五月二十八日

手間をかけずにおいしいもの

「ママ、あたしいろいろ作り置きしてあるんだよ」と娘。結婚した彼女は弁当を持って通勤することもあり、休みの日にいろいろ料理して冷凍やら冷蔵やら、蓄えてあるそうです。ママの娘なのに、すごいねえと褒めてしまいました。先に作ってあれば、後で慌てないということはわかっているのですが、食べないときにわざわざ作るのは手が掛かる気がして、なかなかできません。

でも、すぐ食べられるものがあるのは魅力的だということに、遅まきながら気づきました。最近、子供たちが次々に独立して、料理の量も減らしたのですが、なかなか感覚がつかめません。無理に食べると苦しいし、お皿に盛り付けて載らなかった分は冷蔵庫にとっておくようになりました。次の食事のとき、ちがう味を足してあえたり、チーズをのせて焼いたり、少し変えて一品に。助かります。

実家の母親は大家族の出身だったので、料理もたくさんの量、作る人でした。なくなるまで毎日、それが出てくるのは、しんどかった。それでおとなになった自分は、一度に食べきる量で作ることをモットーにしていたのですが、手際がわるくて品数も少なかったため、もう少し何か、と冷蔵庫に探しに行くのが家族の習慣になってしまいました。いけませんでしたね。

そんな不器用なわたしが、手間をかけずおいしく食べられる！とこの夏、夢中になったのは浅漬けやピクルスの素に漬け込んだ夏野菜。「白だし＋酢に、好きな調味料を少し。素がなくても上手にできるよ」と聞いて、それも今、試しています。無理なく楽しく、いろいろ食べるには？　目覚めの遅い主婦の迷走は続きます。

二〇一四年八月三十日

友だちと何でつながるか

夏に夫がちょっとした同窓会のような飲み会に出かけていきました。行って、びっくり。多くの人がＳＮＳで自分のページを持っていて、趣味やこだわりを熱く語っている。夫は仕事のページを持っていて、そこを通して誘ってもらったのですが、個人的なページには手がまわらず、あまり気も向いてなかったのです。

こういうことに関して、娘は大変まめ。しょっちゅう、「また更新してるよ」と夫が見せに来てくれるので、若い子はすごいな、なんて思っていたのですが、同年代もすごかった。わたしは自分のページを持っていませんが、あったとしても更新できず、ずっとそのままになってしまいそう。だいたい、手抜きでスローテンポな生活から何を取り上げようか、困ってしまうことまちがいなしです。

でも、できたらいいなと思うことも。娘たちは卒業しても友達とＳＮＳでつながっているので、今の様子もわかっているし、連絡もすぐ取れる。わたしたち世代は、進路が分かれる頃、携帯電話やネットが身近でなかったので、つながりが途切れなかったほうがまれ。空白期間がある分、会えたときに盛り上がるのも確かなのですが、では、どうやって会うところまでこぎ着けるかというと。

年賀状にメールのアドレスや電話番号が載っていれば、それを頼りに。なければ、自分のアドレスを郵便で知らせて返信をもらう、といった具合。致命的なのは、年賀状の付き合いがなければ、この方法も取れないということです。

仲良しの友達からも、個人ページつながりで結構連絡が取れるようになったよと聞いて、いいなあ、わたしもやろうかなという気がちょこっと。いやいや、無理はせず、連絡のつきにくい〝ミステリアスな女〟でいるべきか。迷います。

二〇一四年九月二十九日

聞くほうが好き

話は、聞くほうが好きです。話をするときは頭の中にあることをまとめながら口に出しますが、わたしはそれが遅くて苦手。頭の上に「えーと」という吹き出しをつけたいくらいです。

それに比べ聞くのは気楽で楽しく、何より、したことのないことやできないことを聞くのは面白いもの。今日は、田舎暮らしを希望していた知人がついにいい家を購入したという話を聞いて、盛り上がりました。

「へえー」と感心し、「ほう」と驚き、「いいなあー」と羨んで、「なんで?」と尋ねて。知っていることが少ない、羨ましがりやの自分が相づちを打つと、いつも同じ、こんな風に。でもこれで結構、話を聞けるのです。

独立した子供たちがうちに来るときも、楽しみ。息子や娘の仕事のこと、住んでいる場所の話など、何を聞いても新鮮で「へえー」「ほう」の連発に。

社会人になってそれなりの責任を負うようになった彼らにしてみれば、大変なこともあるようですが、そんなことも気が向いたら話して、と思っています。少しでも話したらさっぱりするかもしれないよ、と。

夫は話を聞くと、男の人らしい建設的なところを発揮して、早速、改善策を出してくれたりするので慌てます。聞くときは、とりあえず聞かないと。

もう頑張っているだろうから励ましは不要。遮らず、意見せず、真面目になり過ぎずに聞くのがたくさん聞きたい〝ダンボかあさん〟の心がけ、どうだったら話しやすいか考えてみてのことです。「横着してるんじゃない？」と笑われそうですが……。

二〇一四年十一月三十日

スタイリッシュなあの車

物と向き合う

流行の先を行くことがあります。最近では、テレビや書籍でもよく取り上げられる、親の住む家のかたづけ。結婚や就職で親と離れて暮らし、昔ほど親との密着度が高くない子供がふと気づくと、物がない時代を体験した〝捨てられない〟世代の親が、家にたくさんの物を抱え込んでいて驚く。実家では三年ほど前に、父親が「かたづけないとな」という気になり、少しずつかたづけが始まりました。

〝家をかたづける〟というとなんだか終い仕度のようで寂しい、と聞いたこともあります。人生の締めくくりとして、自ら積極的にかたづけをする方もいるので、かたづけ＝寂しいとは思わなかったのですが、物が減ると心もとなくなり、終わるイメージや寂しさが意識されるのかもしれません。

なんとなくわかるけれど、ちがうような気もする。考えてみると、自分は、〝おかたづけ〟の感覚で作業をしています。子供がおもちゃをしまうときの感じです。お気に入りのものをすぐ取り出せるように、使わないときはここ、とわかりやすい場所に置くような。そのために、やはり不要品は処分しなければならないのですが、これからの暮らしを快適にするための前向きな作業ではないかと思えます。

実は、わたしの持ち物も結構、残っていました。置いておくスペースがあるのに甘えて、どうしようかと迷うような思い出の品を実家に置きっぱなしにしてあったのです。処分するか、自宅に持ち帰るか。持ち帰ったとして、どうする?……。考えて頭は疲れ、ふと見た時計に(あれ、もうこんな時間?)とあわてる始末。物と向き合うことはこんなに大変なんだと痛感するのでした。

二〇一五年一月三十一日

親が住む家のおかたづけ

昨今、頻繁に取り上げられる親が住む家のおかたづけ、わたしもここ数年、取り組み中です。実家に置いてあったわたしの持ち物、それもどうするか決めてかたづけないと……。処分するもの、自宅に持ち帰るもの、と悩みながら仕分けて思ったのは、簡単に「捨てちゃいなよ」とは言えない、ということ。

もったいない、と不要なものを抱え込み、役立つはずのものも見あたらなくなるような状況は、それこそもったいない、なんとかしたほうがと思いますが、持ち主が物に対する想いや価値を見出すようなとき、不要かどうか判断できるのは、やはり本人だけ。それを考えると、親が住む家のかたづけは、まだいいと思えるうちに始めて、物と向き合う余裕を持てるくらいがいいようです。

必要に迫られての段階に来てしまうと、持ち主の意向より効率よくかたづける方が優先になってしまうでしょうし、かたづけには結構、パワーがいるのです。

ここ三年ほど、月一、二回、出かけて行ってはかたづけて、リサイクルに出したり、クリーンセンターに運びこんだり。それでもまだ道半ばという手ごわい現実。でも嫌にならず、疲れない程度にやるなら、これくらいのペースかな、と。無理なくやりたいものです。家処分するだけでなく、実家では客用寝具も軽く、扱いやすいものに買い換えました。家の中も以前よりわかりやすくなったので、わたしの子供たちも遊びに行って鍋料理をしたり、泊まったりしてくれます。にぎやかなことが好きな両親には何よりうれしいこと、わたしもうれしく思っています。

二〇一五年二月二十七日

最近の戌の日

「戌《いぬ》の日のお参りに行かないかって誘われたよ」と夫。娘からの連絡がスマートフォンにあったようです。妊娠五か月目にお腹を守る腹帯を巻き、お産が軽い戌にあやかれるようお参りをする戌の日。

自分が妊婦のときは「戌の日はどうするの？」と母親に言われても、横着をきめこんで「もう腹帯はしてるし、大丈夫」とやり過ごしたわたし。未体験のお参りがどんなものだろうと、ついて行くことにしました。

当日。車に乗せてもらったのですが、街中から住宅地に入り、どんどん細い道へ。そして最後は急勾配の細い坂道。この神社さんをどうやって見つけたの？と聞くと、昔から有名らしいけど、自分たちはインターネットで知ったと。なるほど、駐車場にもあちこちのナンバーの車が並んでいます。

「ナビもないと場所がわかりにくいね。僕らのときだったら来られなかったと思うよ」と夫が言います。古式ゆかしい行事は時が経つにつれ、廃れていくイメージでしたが、逆に、インターネットやナビゲーション等、今の情報環境によって、ひと昔前よりも盛んになり、親しまれているのは興味深いことです。

境内はたくさんの妊婦さんと家族で大賑わい。母子の健康を願ってお祓いをして頂き、持参した腹帯には朱印を押して貰いました。「これ、洗ったら取れちゃうかなあ」と気にしつつも、その後、足を運んだレストランでは「パンが美味しい」とだんな様共々、おかわりをもりもりした娘。親がこれくらい伸び伸び過ごしていれば、さぞかしいい子が授かるはず、と笑ってしまった戌の日でした。

二〇一五年三月二十九日

子供の独り立ち

二十数年前、息子が産まれたとき思いました。この子が自分で暮らしていけるようにしてやらなければ。自然な順番でいけば親は先にいなくなります。

日々、せわしく暮らしていたわたしに「休みの日の昼ごはんくらい、子供たちは自分で作れるよ」と夫が言ったのは、彼らが小学校中学年くらいのときです。家庭科もやっていたので、確かにわたしが作らなくても十分でした。助かる、とほかにも洗濯物の取り込みやら片づけもやってもらうことにしました。

しかし、中学、高校に進むと子供らも忙しくなるし、横着にもなるお年頃。そして、そのまま自宅から通う大学生になりました（これはまずい）。わたしは子供たちに「就職して慣れたら、家から独立してね」と伝えました。

よっぽど家のことをやる子ならともかく、親がいればやらずに済んでしまうことは多いです。それは、自分が大学生のときに一人暮らしをして痛感したことでした。のんびり生きてきたわたしにもできることはありましたが、暮らしのなかには面倒なこと、大変なこと、驚くほどいろいろあって。と、いうことさえ機会がなければ気づかないのです。

縁あって、子供たちは一人暮らしをすることなく、家庭を持ちました。生活や仕事の面白さ、大変さを分かち合えるパートナーがいるのは有難いことですが、親元を離れ、不慣れなことに遭遇しては随分奮闘してきたようです。

春になると、何故かあの赤ん坊のときの心もとなさを思い出し、まだまだ未熟、でも、子供たち、たくましくなったもんだとこっそり祝杯をあげたくなるのです。

二〇一五年四月二十九日

幸運な再会

勘が働いたとしか言いようがありません。「小学校の……」「○○先生……」という言葉だけしか聞こえなかったのに、（もしかして？）と振り返ると、期待した通りそこには大好きだった先生が……。

若くて元気が良くて、おおらかで、今、思い出したのですが、山登りが趣味だった先生のことを口のわるい男子は〝山男〟と言ったりしました（先生は女性なのですが）。一緒にいて良いパワーに影響を受けたのか、男子と女子がやり合うことも多い年頃の六年生のクラスは、わいわいと仲良く、他の組の子に羨ましがられていました。

いちばん印象深かったのは、卒業するときに頂いた色紙です。〝機会（チャンス）が二度、あなたの扉をたたくと思うな〟というメッセージは、普段元気に振舞いながらも肝心なときに「石橋を叩くだけ叩いて、渡れない」わたしの思い切りのわるさを見事に言い当て、励ましてくれるもので、先生はちゃんと見ていてくれたんだなあと思うと、別れの寂しさが増して泣けてしまいました。

実家にいると思い出し（先生、どうしてるかな。会いたいな）と長年思っていましたが、今回、お互いに家族に付き添って来た病院で、偶然会うことができて、一気に小学生に戻ったような嬉しさでした。「先生、あの頃何歳だったの?」と、子供みたいな質問もして、とても年上のとても大人だと思っていた先生が、実は自分と一回りちょっとしか違わなかったのは驚きでした。

幸運な日。念じれば叶う、というわたしの楽天的ポリシーに磨きをかけた出来事でした。

二〇一五年六月一日

半分ずつ使えるラーメン

「お誕生日に何が食べたい?」と尋ねると、即答で「なーめん」と答える娘。ラーメンと上手に言えないほど小さいうちから、彼女はラーメンが好きでした。そして、子供の誕生日にかこつけて外で何か特別なものを食べようというわたしのもくろみは、あっさり砕け散ってしまうのでした。

わたしが子供の頃、インスタントラーメンが登場しました。それまで麺類の定番だったうどんやそばとは違う味。しょうゆ、塩、みそと、いろんな味があり、わたしもかなり好きでした。手軽に作れるのも画期的だったと思います。アルミの軽い片手なべにあり合わせの卵やもやし、ネギなどを入れて母親が作ってくれたラーメンは、日曜日のお昼の定番でした。

その手軽さゆえ、横着な暮らしぶりを表すのに、なべで作ったラーメンをそのまま食べるという場面もドラマ等で目にしますが、楽を極めたいなら、小さい土鍋で作るのがおすすめ。洗い物は一つで済むし、食事らしさも損ないません。


ラーメンは、何故かしっかりお腹が膨れるので、最近はご無沙汰していたのですが、先日、唐突に食べたくなって作りました。キャベツやネギもたくさん食べたかったので、めんは半分で。卵も落として、冷凍のフライも温めてのせて、充実の一品。美味しい！

めんは半分で、いい具合でした。一玉を半分ずつに、できればスープの素も分けて使えるようになっていると有難い。少ない量で使うだけでなく、二玉食べられるけど一・五玉にしておこう、という使い方もあるのでは。量の調整ができて、健康志向を満たす商品になりそうな気がします。

シャンプーや洗剤の詰め替え、軽い掃除機、男の人の日傘……。実は、あればいいなと思ったものが実現したり人気商品になったりすることが、今まで結構、あったのです。

そして、半分ずつ使えるラーメン。さて、どうでしょうか。

二〇一五年六月二十九日

お腹の大きな娘が電車に乗って友達に会いに行くと言います。心配ではあるけれど大人なんだし、いいか。したいようにするのが一番、と送り出すことにしました。

数時間後、楽しんで帰ってきた様子にひと安心。でも「生まれたらしばらく私は出かけられないから」と言います。「一か月くらいは出かけないほうがいいって雑誌にも載ってたよ」と真顔で。「そんなことないって」とわたし。「まだ赤ちゃんは寝てるばかりだし、家に子守さえいれば、ちょっと出かけて気分転換もできるよ。大丈夫、大丈夫！」笑い飛ばしてしまってから思い出したことがありました。

やってみて納得できること

息子が高校生で、何かにチャレンジしたいと話していたときのことです。聞いていた夫が「それは大変だな、やめとけ」と口をはさんだのです。わたしは（ああ、また）とため息。夫には、子供を痛い目に遭わせたくなくて、先回りして助言をする癖があるのです。愛情が深いからだとわかってはいるのですが、せっかくやる気になっていた計画を遮られたら気分が良くないはず。息子も珍しく語気を強めて言い返しました。

「とうさんはすぐ、やめとけって言うよね」

夫の父親は、夫に輪をかけた心配性。娘が無事就職したとき、すぐさま社会の厳しさや仕事の大変さを語って聞かせようとしたので、驚きを通り越し（さすが似たもの親子。愛情深過ぎだよ）と身内ながら微笑ましく、笑ってしまいました。

自分の経験でしか、人は納得できないと思うのです。いくら心配して言ってもらっても、聞いた言葉だけではピンと来ない。じいちゃんの話をなんとなく聞いている風だった娘も、実際に仕事をしてみて、案外、簡単だったとか、こんなに大変なんだと実感したことで、しだいに地に足がついた感じが。やってみて納得できる。それは貴重な道のりです。

いいママになろうと努力している娘を、笑ったのは失礼だったなと反省。心配性の男性陣とバランスを保つべく、わたしは見守り型ばあばとしてそばにいようと思います。

二〇一五年七月三十一日

旅の効用

「美味しい！」夏の旅行でお世話になる長野のペンションでは、甘みのあるトマトや味の濃い野菜をふんだんに使った料理をいただきます。今年も、至福のひとときを過ごしながら、わたしの野菜好きはここから始まったんだ、と初めて野菜の美味しさに驚いたときのことを、しみじみ思い出しました。

旅に出かけると、それまで縁のなかった物や人との出会いがあります。また、時間的な余裕もあってか、気づくことや感動することも多いような気がします。

最近、うれしく思うのは書籍やＤＶＤが借りられるコーナーを備えた宿泊施設が多いことです。今回、泊まったところには見たかったけれど見逃してしまった海の映画のＤＶＤがあり、すぐさま借りました。思っていた以上に映像がダイナミックで美しく、家でも見たいと購入を決めました。

素敵な出で立ちの人に気づくのも、心に余裕のある旅先ならでは。シンプルでも個性的なスタイルでも、髪型や服装が自然な感じでまとまっていると、自分をよくわかっている人なんだなと感心しつつ目で追ってしまいます。特に同年代や年上らしき方だと、お手本にしたいと思うからか強く印象に残り、それも旅の収穫になります。

普段、携帯でまめに撮影する習慣がないので、旅先で写真を撮るとその時期の大事な記録になります。直前まで旅の仕度をせず、結局、いつもとほぼ変わらない格好で出かけるので、この服が気に入っていたねとか、髪型はこんな風だったんだとか、後で見ると面白いものです。

ゆっくり流れる時間のなかで、何かを得たり、確認したりする機会になる旅。留守を守ってくれる家族や職場のスタッフに感謝しつつ、次はどこへ行こうかと、また楽しみを膨らませてしまいます。

二〇一五年八月三十一日

本はありがたい

本屋さんで、足がぴたっと止まりました。子供の写真をどう整理したらいいか、教えてくれる本があったのです。

我が家の子供たちはすでに成人。それなのにアルバムの写真は、小学生どまり。きちんと整理して貼ろうと考えていたのですが、時間がかかるばかりで作業ははかどらず、溜めに溜めてしまったのです。

こんな本があるんだと飛びついて買いました。最初に目を引いたのは、近年の写真から整理して取り掛かるというアドバイス。今に近いほうが記憶が新しく、手をつけやすいからだそうですが、その通りでした。子供たちの学生時代から結婚式までの写真は、あっという間にアルバムに納まりました。いい本に出合えてよかった。物事のやり方を教えてくれる本を買ったのは久しぶりでした。

数か月前のこと。買った本をテーブルの上に置いておいたら、夫に聞かれました。「この本、どうするの?」食べる訳ないし。「読むの」「ふうん」もの言いたげな夫の気配に立腹。君には要らないと思っているんでしょう。タイトルは〝悩まない〟でした。

わたしにも少しは悩みもあるのにと、不満を膨らませていると「精神について語る本、好きだね」と指摘が。……そうかもしれません。前には〝考えない〟本も買いました。そのときも「君は、少し考えたほうがいいと思う」と笑われた覚えがあって。必要でなさそうな本を一生懸命読むということは〝わたしはこのままでいいんだよね〟という自己肯定をしているのでしょうか。

いろんな相手をしてくれて、ありがたい本。ひたすら物語を楽しむような読書も、久しぶりにしたい。本への恋しさが募る秋の夕暮れです。

二〇一五年十月一日

スタイリッシュなあの車

沖縄が好きで、年に一回はお邪魔しています。移動の足としてレンタカーを借りるのも楽しみのひとつ。「ちょっと車高が高そうなのを借りた。景色がよく見えるでしょ」と夫。実際は、よく見えるほどではなかったのですが、普段とちがう車に乗れるのは楽しく、気分良くドライブしました。

「でも2ドアって後ろの席に荷物載せにくいね。4ドアに慣れているからかな」パーキングで、助手席から荷物を入れながらわたしがつぶやいたとき、夫が一瞬沈黙。そして「ここにあるんだあ」と納得の一言が飛び出しました。

わたしが2ドアと言ったとき、運転席に乗り込もうとしていた夫は、後席の窓の周りに一本の線が入っているのに気がつきました。ドアがある……?

線を追って視線を動かしていくと、窓の横、車のお尻に近い高い位置にドアノブを発見。車は4ドアだったのです。スタイリッシュな車に疎く、ドアノブは窓の下についているものだと思っていた愚かな中年夫婦は笑い転げました。

十月のとある日曜日、朝の早い時間は駅につづく道も静かでした。夫とふたりでてくてく歩いていると、例の車が通り過ぎて行きました。あの日以来、親近感をもって注目しているせいか、よく目にはいるのです。今日のは色も同じ。しばらくすると向こうからも。「さっき行ったのが戻って来たんじゃない」と言っているうちにもう一台通ります。そしてまた一台。

「すごいね、何だろうな」

「わたしたちを笑わせてくれた車がたくさん通るんだから、今日はすごく楽しい日になるってことだよ」

そのとき、わたしたちは娘の結婚式&披露宴に向かうところでした。

数時間後。式場を出て、楽しかった、よかったねと話しながら歩いている横を、しめくくりのようにまたあの車が通って行ったのも本当のはなしです。

二〇一五年十月三十一日

願いを込めた名前

娘が子供の名前を尋ねられて答えると、「（あの人の）ファンなの？」と聞かれると言います。有名な俳優さんと同じ名前なのです。

まだ子供がお腹の中にいて、娘夫婦が名前を考えていたとき、その手元にあるものに目が留まりました。二人は、彼らの苗字が付いた〝〇〇さんのオーダーメード名付けブック〟という冊子を見ていたのです。

聞くと、出産を予定している女性向け雑誌の付録とのこと。中に入っているハガキに必要事項を記入して送ると、苗字に対して良いと思われる画数の名前が載った冊子を送ってくれるのだそうです。すごいねえとわたしが目を丸くしている間にもそれを参考に若夫婦はいろいろ考え、俳優さんと同じ名前になったのでした。

二十数年前、自分が妊娠中のときは、画数の見方にもいろいろあると聞いて億劫になり、結局、何も見ずに名前を考えました。

一人目も二人目のときも、性別は出てきてからの楽しみにと聞きませんでした。一人目は男の子。二人目のとき、男女、どちらでもうれしいけど、男の子がいるから女の子もいいなと夫が言いました。そんな気になると、女の子の名前ばかり浮かんで来るようで候補も絞り込めず、本当に女の子だったら顔を見て決めることに。

それが今度、ママになった娘でした。目がへの字で、へへっと笑っているような顔つきの赤ん坊。蝶よ花よ、という感じではないねと元気な語感の名前を選び、でも女の子なので漢字は優しい印象のものを当てました。

うちの苗字にその名前がくっついているときは、普通でした。ところが、結婚した彼の苗字はちょっと珍しい、きれいな苗字。苗字が変わった娘は麗しい女優さんのような感じになり、名前も大人になって、一人歩きを始めたかのよう。

どんな女性かしらと期待されても、出て来るのは相変わらず元気が取り柄のわが娘。名は体を表すという諺通り、素敵になれるといいのだけれど。

親というもの、名前にはついつい願いを込めたくなってしまうようです。

二〇一六年二月二十九日

よそゆきの服

暑い日も増えてきたので衣類を入れ替えようと、たんすの引き出しを引っぱり出しました。厚地の服を取り出し、半袖や丈の短いズボンを入れたら終了。四季の寒暖も昔ほどはっきりしていないので、薄手の長袖、長ズボンは一年中たんすでスタンバイ。ここ数年の衣替えは、本当に簡単になりました。

でも気候のせいだけではないような。ながめてみると、気をつけて扱うような素材やデザインの服はなく、家で気軽に洗濯できるような服ばかり。いわゆるよそゆきの服は、ごくわずか。一日まるっと休みでおしゃれして出かけるようなことも少ない今、自然にこうなったかと納得しつつ、少し寂しいような気がします。

子供のとき、よそゆきの服を着せてもらうのはうれしいことでした。袖がほわっと膨らんだり、まるい襟や裾に刺繍やステッチの入ったりしたワンピースを着ると、気分はお姫様。子供心にもこんな素敵な服は汚してはいけないと思うので、いつもより行儀もよくなりました。

今、よそゆきは、昔ほどフォーマルではないようです。上質でおしゃれな服でもカジュアルな感じ。そんなことを思っていたら、街着という言葉を目にしました。よそゆきが晴れ着（晴れがましい場所にふさわしい）に近いのに対して、街着は外出用に着替える、街で着るのにふさわしい服、なのだそう。肩の力が抜けた今風のおしゃれな服は、よそゆきというより街着なのかもしれません。

思い出したのは冬、寒い日の名古屋駅前。信号待ちをしているわたしの前に、ちいさな女の子がおかあさんと手をつないで立っていました。目を引いたのは、彼女のコート。色とりどりの大きな花がたくさん付いた華やかで暖かそうな服でした。信号が変わって横断歩道を渡り始めると、花もゆらゆら揺れて、グレーの冬の日に灯りがともったよう。横を通り抜けるとき、思わず「お姫様みたい。かわいいね」と声をかけると、おかあさんも「今日はみなさんによくほめていただきます」と笑顔で返してくれました。

はにかみ顔の女の子は本当に可愛らしかった。季節も変わり目、久しぶりにファッション雑誌でも見てみようかと思う初夏です。

二〇一六年六月二十八日

よその家を訪ねる

半世紀近く前のはなしです。夏におばあちゃんちへ遊びに行ったとき、「いるかえ」(居ますか)と言って、近所の家を訪ねるのは楽しみでした。朝から散々遊んで飽きた頃、出かけるおばあちゃんが「はんで、こお。」(はやくおいで)と呼んでくれると、子供たちはしっぽを振ってついて行くのです。

回覧板やらおすそ分けの品物を持って、玄関先で「いるかえ」と声を掛けると、誰か出てきてくれます。農業をしていたり、多くの家に機織《はたお》りの小さい工場《こうば》があったりするような所でしたので、誰もいないことはあまりないようでした。縁側で冷たい麦茶やとうもろこしをいただくことはもちろんうれしかったですが、いつ訪ねても誰かいてくれて、「はい、こんちは」とにっこり迎えてもらえることはもっとうれしいことでした。

先日テレビで見た宅配便の特集では、その日の配達先の二割ほどが不在でした。仕事や用事で外に出ることが増えて、荷物の受け取り手がいないようです。

わたしもたまに、おすそ分けの菓子など持って友達の家を訪ねますが、いまどきのこと、会えればラッキーというくらいの気持ちで出かけていきます。前もって連絡を取っておけば空振りすることもないのですが、急に思い立って訪ねるということがワクワクするのですね。不在ならば、やっぱりいないかあと思いつつ、持参したものをポストに入れたりドアノブに掛けたりして帰ってきます。

運よく、いてくれても急な訪問なので、長話はしないよう肝に銘じていますが、盛り上がってついついしてしまう、長居。反対に、思いがけず友達が訪ねて来てくれたときも、うれしくて引きとめてしまうことが多いです。

顔を合わせる機会が少なくなった分、会えたら少しでも楽しく過ごしたいもの。気兼ねなく座って話していける縁側のような場所があると、本当にいいですね。

残念ながら縁側がない我が家にも、何か方法があるはず。ちょっとした工夫ができないものか、考えてみようと思います。

二〇一六年七月二十九日

回転寿司は魅力的

暑い時期、回転寿司のお店はオアシスです。もとい、暑くない時期も。一年中、よくお世話になっています。

一度に多く食べられないわが身にとって、食べる量を自分で加減できるのは有難いこと。その日の気分や体調によってネタも選べるので、安気です。

揚げ物の載った寿司や副菜を頼むと、パリッと揚げたてで出してくれるお店もあります。夫と二人暮らしの家では、勢いよく揚げ物をすることもないので、ちょっと食べたいときは回転寿司で頼みます。助かります。

ですが、ちょっとした悩みがありました。わたしほどではありませんが、夫も大食漢ではないので、合わせても数皿でお会計。回転寿司に入ったら、もりもり食べるのが良いと思っているのに、テーブルの上はあまりにも寂しい。もう少しなんとかしたいと、景気づけにデザートに手を出すようになりました。

寿司を食べに行ってデザートを食べるなんて、子供じみていると思っていましたが、いえいえ、かなり充実しています。シンプルなケーキに始まり、ティラミスや季節のフルーツが載ったパフェ、さらに最近ではあんこを添えた蕨もち＋バニラアイス、など和菓子好きにもうれしいメニューが登場しています。

回る寿司屋さんがなかった頃、寿司はぜいたくな食べ物でした。回り始めた頃も、今よりは敷居が高かったような覚えがあります。わたしの実家は漁港のある沼津に近く、回転寿司もわりと早くからありました。寿司好きの息子は休みになると、じいちゃんちに行って、回転寿司だ！と張りきっていたのを思い出します。

父と母に、子供だった息子と娘。元気よく出かけて行って、たくさん食べた記憶を今もわたしは食べ終わったテーブルの上に見ているんだ、と気づきました。

あんこをつつきながら見回すと、一人黙々と食事する男性客からにぎやかなファミリー客まで。そして勢いに欠ける我々中年夫婦が、寿司、揚げ物、デザートと、のんびり頂くのも受け入れてくれる回転寿司。その懐の深さに感謝、です。

二〇一六年八月二十一日

うれしいおまけ

やっぱり、これは便利だわ、とわたしを感嘆させたのは肉まんを蒸すケースです。薄手のプラスチックで肉まんがスポッと入る形。中にすのこのような台が付いているので、水っぽくならずふわっと蒸すことができます。洗って繰り返し使えるのも有難いこのケース、実は肉まんに付いていたおまけでした。役に立つおまけがついていると、うれしいですね。

そう、〝おまけ〟という言葉には何か、うれしい気分が伴います。懐かしいのは、わたしが子供の頃、人気があったおまけ付きキャラメル。男の子用と女の子用があり、女の子用にはちいさな指輪とか、ちいさなちいさなコーヒーカップや料理道具などが入っていました。当時の女の子の遊びの王道、ままごとや人形遊びに使えるおまけ。それは心ときめくものでした。

子供たちにもいい思い出があります。小さかった二人を連れて出かけたときのこと。パン屋さんで朝食用のパンを選び、息子と娘にもひとつずつ買ってあげると言うと、共に穴があくほどパンの棚を見つめて熟考……。そんな様子を見ていたのか、お会計に行くと奥さんが「じゃあ、これはおまけね」と別のパンも袋に入れてくださいました。彼らが喜んだのは言うまでもありません。

得か損かと言えば、もちろん得な話なのですが、もっと単純に、好きなものが増えてうれしい、幸福感が膨らんだという感じでした。

うれしいおまけ。それは、これがあったら喜ばれるのではという想像力や、周りをよく見て、状況をつかんでいる目から生み出されているような気がします。

学生のとき、下宿生仲間でお腹を空かせてご飯を食べに行くと、食堂のおばちゃんが、「果物も食べなよ」とりんごや柿をむいて、出してくれました。あれも、うれしかったおまけ。いつまでも忘れないものですね。

二〇一六年九月三十日

新幹線愛

思いもよらない変化

一昨年、孫が生まれました。昨年の正月には四か月くらいで、もうすぐ寝返りするくらいの赤ん坊でした。早くも一年。先日、遊びに来た彼は、ニコニコしながら犬を追いかけ、「おやつ、食べるひと！」という問いかけに、片手を挙げて「あーい」と返事をしていました。生後数年の進歩には、目を見張るものがあります。

新年を迎えると、今年は何かを……と思いつつ、まあ、大人になるとそんなに進歩しないし、とはなからやる気をみせない自分が現れます。一方で、いや、そんな風ではつまらないね、という自分も出てきて、せめぎ合う毎年。

先日、帰り支度をしていた店のスタッフが、写真を見せてくれました。きれいなドレスに身を包み、ポーズを決めて微笑んでいます。スポーツは大変かなと敬遠していたそうですが、通える範囲の場所でダンスを教えてもらえるのを知って、試しに習い始めたそうです。まだそんなに経っていないけど、身体を動かすのは楽しいですねと話してくれました。

年齢を重ねるにつれ、それまでの経験や反省から、〝自分〟ができあがってきます。苦手なもの、興味が持てないものには近づかないので、目新しいことと遭遇する機会も少なくなります。気が向かないことに無理に関わる必要はないのですが、いままで縁のなかった世界に、おっ！と目を留める何かを見つけたら、思いもよらない変化が起きるかもしれません。

そういえば、わたしにもありました。数年前、ぎっくり腰になり、リハビリのつもりでプールに行ったときのこと。おおよそ水泳体型ではない男性コーチが、魚のようにしなやかに泳ぐのを見て、その意外性に心底、びっくり。「わたしも泳ぎたい！」と決意してしまいました。ほぼカナヅチでしたし、自分が泳ぐなんて想像したこともありませんでしたが、以来、なんとか泳ぎ続けています。

幼子のように、とはいかなくとも、できるだけ心に壁を作らず、顔をあげていよう。次は何に出会えるでしょうか。こころ躍る新年、元日です。

二〇一七年一月一日

「放題」の魅力

近頃、街中やショッピングセンターで「食べ放題」の看板をよく目にします。とてもパワフルで、お腹も丈夫な友達は「たくさんの料理を見たら、どれも食べたくなっちゃうね。食べれば食べるほど得した気分になるし」と言います。前菜、主菜、デザートと、工夫をこらして作られた、バリエーション豊かな料理は、確かに魅力的。どうやって考え出すのだろうと感心すると共に、どれから頂こうかと悩みます。

わたしがよく利用するのはパソコンやスマートフォンを使っての「音楽聴き放題」のサービスです。ネットショッピング会員の付帯サービスの一つなのですが、洋楽、J－ポップ、クラシックにジャズと、様々なジャンルの音楽が網羅されていて、何でも聴くわたしにとっては大変ありがたい。たくさん聴いています。

食べ放題も聴き放題も、使えば使うほど得をした気分になるのは確か。でも、「〜放題」と聞いてワクワクする一番の理由はほかにあるような気がしていました。量も種類もこんなにあるんですよ、と示された時点で、もううれしくなりますが、さらに気持ちが高揚するのは「さあどうぞ、ご自由に」と制限がないことを示されたとき。自分がやりたいようにやっていいのです。この開放感は貴重。

息子が二歳のとき、喜ぶかなと思って買っておいた新幹線のおもちゃを、ある晩、出してやりました。はっ、と目を見開いて心奪われた息子は、ひとこと「寝ない」。自由気ままに見える子供でも、夜になったら寝る、とか何かしらの制限を受けながら暮らしていることに気づきました。大人ならさらに、然《さ》もありなん。

多くの決まりや制約に従って暮らすのはヒトとして普通なのですが、一方で、自分の好きなようにやりたいと憧れる気持ちがある。だからこそ自由にふるまえ、開放感を味わえる「〜放題」に引きつけられるのかもしれません。

寒さ厳しいこの頃、動物のように冬眠したい……と言って笑われるわたしの願望は、さしずめ「寝放題」といったところでしょうか。

二〇一七年二月一日

おっきなプリン

もう半世紀前。わたしが子供の頃、プリンの素が販売され始めました。粉状の素を温めた牛乳で溶いて、小さな容器に注ぎ分ける。あとは冷蔵庫で冷やすだけでおいしいプリンが幾つもできるという画期的な商品で、たちまちわたしの大好物に。母にねだっては、よく作ってもらいました。

ただ、小さなプリン一つでは満足できず、もう一つ食べたい。欲を言えば、もっと食べたい。どんぶりで作って、おっきなプリンを食べたいなあ、と夢見ていました。

あとで知ったのですが、同世代には同じことを考えていた人が結構、たくさんいて。流行のおやつをお腹いっぱい食べたいという、率直でわかりやすい子供の願いは、日本中どこでも同じだったようです。

ですが、時代は高度成長期。ケーキのデコレーションも堅さのあるバタークリームからふわっとした生クリームに変わり、〝アイス〟といえば素朴なアイスキャンディーだったところへ乳脂肪分が高い濃厚なアイスクリームが登場し。今で言うところの〝スウィーツ〟も目覚ましい進化を遂げました。あれこれに目移りし、魂を奪われているうちに、時は流れて。

二年ほど前、車で旅行中に立ち寄ったコンビニで、眠かった目がぱっちり覚めました。200ccの牛乳ビンほどの円柱型容器にぴっちり詰まった、細長いけどおっきなプリン。忘れていた夢がよみがえり、もうこれは今日、絶対に食べないと、と妙な使命感にも駆られて、すぐにレジまで持って行きました。

「そんなに大きいの、大丈夫?」と心配する夫を尻目に、わたしは助手席でしばし甘いたまご味を堪能。でもうっすら予想したように、半分でお腹いっぱい。実はわたしよりプリン好きな夫に、急遽、協力を仰いで完食しました。

懐かしい夢の中に、ひととき浸ったうれしさ。同時に、夢にも旬があるのだなあと、少し、しんみりしました。

今の好物だったら、何がたくさん食べられるのだろう、と考えてみたりして。野菜や豆腐かなあ、甘いものは少しあれば……。子供の頃のわたしが聞いたら、「変なおばちゃん。プリンのほうがずっといいよ」と笑うでしょうね。

二〇一七年五月三十一日

重いものから軽いものへ

年々、苦手になるものがあります。それは重いもの。気がつくと軽いものを、軽いものをと選んでいます。

昨年の夏、寝るときお腹に掛けるタオルケットに重みを感じたのですが、我ながら少し情けない気がして誰にも言いませんでした。ところが今年、ガーゼでできた軽いものがあると知って気になり、快適な睡眠のために買ってみました。

それが本当に軽い。丸まってしまっても足を伸ばしてよいしょ、と簡単に広げられるし、適度な冷え防止ももちろん、果たしてくれます。

冬場のはなしになりますが、一昔前は、重いふとんが温かく有難かったのです。今思うと、身体の上に綿の重みをずっしり感じて、それが安気だったのかもしれません。軽くて高級だという〝羽根ぶとん〟が登場し、そのうち価格も手頃になって我が家にやってきたとき、その軽さが心もとなく、ふとんがこんなに軽いなんて大丈夫なのかなと子供心に心配したくらいでした。

鍋も重いのが良くて、数年前まで使っていました。鋳物でずっしりしており、圧力がうまくかかるようで、美味しい煮物ができます。気に入っていましたが、洗うときや動かすとき腕がしんどくなり、娘が結婚するときに託しました。そしてこのときも、代わりとなる軽くてよさそうなものを探すことになりました。

さて今、わたしの頭の中にあるのは〝玄関のドア〟。普段でも重いのですが、風の強い日は特に、身体で押しても開かないほど。とはいえ、安いものではないので簡単に換えることもできず、やり過ごしてきました。しかし気がつけば、我が身も中年真っ只中に。あちこち弱点も浮かび上がってきたこの頃、玄関の重いドアもなんとかしたいと思うようになりました。

手元にあるのは扉のカタログ。昔ながらのガラガラ、引き戸がずいぶん素敵になって並んでいます。日々、何度も出入りするのだから、良くするのは贅沢じゃないよねとカタログをながめつつ、ワクワク。心も軽くなるのでした。

二〇一七年六月三十日

子供と買い物

もう二十年くらい前、子供たちとスーパーへ買い物に行ったときのはなしです。少し離れて後ろからついてきた息子が「おかあさん、ビキ、あるよー」とわたしを呼ぶのです。ビキ？　近くに寄って、彼が指さす冷蔵ケースの中をのぞくと、そこには〝〇〇％引き〟のシールがついた肉のパックが……。

わたしはあまりまめに買い物をしないので、冷蔵庫の中はいつも涼しげ。何を買ってもすぐ使うことになるので、消費期限まで短いからと値引きになっている物はありがたいばかりで、なんの問題もなく、買い物カゴにいくつか入るのです。

子供もちゃんと見てるんだな、と面白がっていると、今度は先に行った娘が、「ここにもビキ、見つけたよー」と大きな声で。さすがに恥ずかしくなって、わかった、わかったとなだめに行きました。

そういえば、最近は「これ、買ってー、買ってくれなきゃ、やだあ」と泣いておねだりする子供を昔ほど見かけなくなりました。そのせいか、たまにそういう場にでくわすと、あ、がんばってるな、とさり気なく注目してしまう。

「まだ、おやつ、あるでしょ」ときっぱり退けるおかあさんにも感心。それでも、「いやだー、買って」と、子供がさらにがんばりをみせたりすると、その粘りもまた、ひそかに応援したくなります。

食品を買いに行くのは暮らしの一部です。子供もおねだりをしたり、買い物に気をとられてよそのひとにぶつかったり、実演販売のマネキンさんに楊枝でさしたウインナーをもらったり、いろんな体験ができる。連れていく大人は、それこそ大変だったり恥ずかしかったりで楽ではないけれど、子供にとっては、いい生活体験の場なのではと思います。

先日、若いおかあさんが小学生のお嬢さんと、コーヒー豆を買いにきてくれました。品物をカウンターに並べて会計をするのですが、わたしがレジの〝合計〟ボタンを押す直前に、ちいさな彼女、「これもついでに」と、レジ横の菓子棚からお菓子の袋をひとつ、するっとすべりこませたのです。おかあさんとわたしは大笑い。見事だったタイミングの図り方、これからもいろんな場で生かしていってほしいものです。

二〇一七年七月三十一日

新幹線愛

五十数年前、新幹線が走り始めた頃にわたしは生まれました。住んでいたのは新幹線の駅がある、静岡県三島市。ちょうど減速する辺りだったのか、高架の上を走る姿がよく見える場所があり、一歳を過ぎた頃から毎日、父に連れて行ってもらうようになりました。自転車のハンドルに籐で編んだ子供いすが引っ掛けてあり、会社から帰ってきた父はわたしをよいしょと持ち上げ、ほいっとそこに入れる。数分走っていつもの場所に着くと、丸い鼻をした夢の超特急が姿を見せてくれるのでした。

この体験が遺伝子に刷り込まれたのか、わたしの赤ん坊はいつの間にか新幹線が大好きに。一日中、新幹線のおもちゃで遊び、のぞみ号が登場したときは名古屋駅に見に行って、運転士さんに手を振ってもらうと大興奮。高校生になっても授業中、教室からよく新幹線を見ていたと言い、大人になった今も「見るとわくわくする。どこにでも行ける気がする」とその魅力を語ります。

一年ほど前、よちよち歩きの孫が家に来たとき、わたしに「あれを見て」とばかりに指さしたのも、壁に貼った日本地図のすみっこの新幹線の写真でした。母である娘も、男の子だからって教えた訳じゃないのに、いつの間にか好きになってる、と不思議だったそう。息子に続いて、孫も新幹線好きなのは、男の子だから?

女の子のわたしは、どうだったんだろう、と考えてみれば、父と新幹線を見に通ったのは、いい思い出。でも、新幹線が好きだったのはわたしではなく、父ではなかったか、と。まだ若くて、子育ても仕事も今からだ!という意欲を、新時代の象徴だった超特急のパワーと重ね合わせて見ていたような気がします。

変わることなく小さな男の子を惹きつけるのも、その力強さでしょうか。いや、男女の境界が薄くなり、鉄道好きの〝鉄子〟さんも登場して魅力を語る現在、小さな女の子のなかにも新幹線愛は存在していそう。そんな気がします。

工夫して食器を使う

二〇一七年八月三十一日

数年前、実家で台所の整理をしていたとき、父と母の二人暮らしなのに食器が多いなあと思い、使えそうなのをもらって帰ってきました。ところが改めて見ると、うちにも結構たくさんある。家族四人なのにお皿が五枚ずつあったり。今まで食器は五枚でセットになっていることが多かったのです。

ちょうどその頃、子供たちが独立して、出て行くことに。何かと物入りだろうし、とりあえず、あるものを持っていけば？　そのうち気に入ったものが見つかったら買い換えればいいし、と勧めてみました。

すると子供たち、思いのほかすんなりと納得。食器棚の中から吟味された食器が新生活のお供として旅立っていきました。

適当に数が減ったのはよかったのですが……。あれ？お気に入りの長方形のお皿、一枚しか残ってない？　思わず目をしばたいてしまいました。子供たちもそれをいいと思ってくれたのでしょうか。二人の子供が二枚ずつ持っていったらしく、残りは一枚。うちにも夫とわたしの分、二枚は置いておきたかったのですが。

そんなある日、雑誌で素敵なページに目がとまりました。おいしそうな食事の写真なのですが、三品ほど、二人分がそれぞれ違う器に盛り付けられている。そうか、柄や形が違うのを一緒に使ってもいいんだ、使いようによっては、こんないい感じになるんだと目からうろこが落ちました。食器をセットで持っていなくてもよし、一枚残ったお皿も今までどおり、愛用できる。考えてみれば、どうして食器はお揃いで使うもの、と思っていたんだろう、と頭をフルフル振ってほぐしました。

今、娘の家では、浅い仕切りがついていて数種類のおかずを一緒に載せられるお皿で〝ワンプレート〟（一皿）の食事をしているそうです。

片付けが楽。そして栄養のバランスをチェックしながら盛り付けられるので、小さい子供のいる家庭を中心に人気があると聞きます。ここ数年、手持ちの物は少なく、大事にしながら使いまわすという暮らし方が広まっていますが、食器にもその流れ、感じられますね。

二〇一七年十月一日

また、どこかで会いましょう

「よかったら、どうぞ」とその人はお菓子を差し出してくれました。大きいお腹で、上の子を連れて出席した母親教室。退屈した息子がごそごそし始めて、困ったなあと思っていたときでした。彼女も男の子を連れていました。

その親切な人と再び会ったのは、出産間近の妊婦が過ごす病院の一室でした。偶然を喜び、お菓子をもらったときのお礼を言って、もうすぐだねと話しているうちに彼女もわたしも産気づき、同じ日に無事、出産しました。

また驚いたのは数日後でした。病室に来た夫を見かけた彼女が、

「わたし、ご主人と同級生だった！」

何だか、縁を感じるなあと思い始めました。上の子たちも同い年だったので、それからも検診や学校の行事などで顔を合わせるようになったのですが、それだけではないのです。

近くのスーパーで会うのはともかく、ちょっと離れたところの寿司屋さんでばったり会う、名古屋の街を歩いているときに会う、ともはやどこで会っても驚かないだろうと思

うくらい、会うのです。

わたしは目がわるい上に注意力が散漫なので、だいたい先に気づいてくれるのは彼女。近況を知らせあうくらいの短い会話しかできませんが、相変わらず優しく前向きな人柄で、会うとうれしくなります。

先日も、コンサート会場の入り口でばったり。そして、子育てを終えた彼女とわたしが今、話すのは親の介護についての、あれこれ。デリケートな面もあり、考えこむこともしばしばですが、話ができる人がいるというのは心強いものです。

つかず離れず、ゆるゆるとつながってきた彼女とのご縁も、早、四半世紀。

今年も、年賀状はいつもと同じ文面でいいかな。

「あけましておめでとう。また、どこかで会いましょう」

二〇一七年十月三十日

移動販売のワクワク

「タッタラッタ、タッタラッタ、タッタ、ターラッター！」陽気な音楽が聞こえて、わたしはハッと目を覚まします。牛乳屋さんが来たのです。

午前中、公園でめいっぱい遊んだ子供たちはぐっすり昼寝をしています。子守に疲れたわたしも、負けないくらいよく眠っていたのですが、そっと起き上がり、小銭入れを持って外へ。

団地へ週一回、小さいトラックでやってくる牛乳屋さんは、牛乳だけでなく、ミルク味のパンなども載せていました。買っておいて、後で子供たちとおやつに食べる。それはちょっとした楽しみになっていました。

どうしても必要な物ではないし、もしお目当ての品物がなかったらほかの物でもいい。何があるかな、どれにしようかな、と少しだけのんびり品定めをするひとときが貴重だったのかもしれません。

あれから早、二十数年。出かけて行って、好きに買い物ができるようになりましたが、最近、家の近くで野菜や豆腐の移動販売車をよく見かけるようになりました。これまた、懐かしい。四十数年さかのぼって、子供のときのことを思い出します。

車がなくて、買い物は歩きか自転車で行った頃、たくさんの買い物や重たい物を持って帰るのは大変でした。それで家の近くに来てくれる移動販売はありがたく、拡声器からラッパの音やにぎやかな音楽を流しながら車が着くと、「今日は何があるかねぇ」と言いつつ、母といそいそ出て行ったものでした。

一家に一台、の車社会が到来して、移動販売を見かけなくなった時期もありましたが、免許保有者の高年齢化などもあって、今また人気が復活しているようです。でも、やはり、便利なだけではなくて。

決まった時間にだけ、そのときの「何か」を載せて現れるお店。近頃は、小さな車でやって来るパン屋さんで、買い物をしているわたし。移動販売車にはいつも、ワクワクする気持ちを引き出される気がします。

二〇一七年十二月一日

ちょっとした満足

毎日、暮らしのなかでちょっとした満足を感じられると、積もり積もってその人の幸福感は高まると雑誌で読みました。

自分は「ちょっとした満足」をどんなときに感じるだろう……。不便だと思っていたことが解消されたときかな、と思いました。

そういえば、バターナイフ。毎朝、食べるパンにはバターが塗りたかったのですが、冷蔵庫から出したばかりのバターは堅くて削れないし、パンに付けるのも一苦労。長いことバターを使うのをあきらめていました。

ある日、今は上手に削れるバターナイフがあるんだよと聞いて、ネットで探してみたところ、あるある。いろいろ、ある。あり過ぎて迷いましたが、手頃な値段で、使い勝手がいいと評されていた、刃先が波型になっているものを購入してみました。

さて、さて。うまくいくかなと心配しつつ久しぶりに買ってきたバターの表面にナイフを滑らせると、スッと薄く削ることができました。パンにもペタッと付けられます。気を良くして、ほかにも何か便利なものがあるかも、と台所用品の売り場を物色していると……おっ、これはどうだろう。

金属の半円筒の先に、ギザギザの小さな輪が固定してあります。りんごの芯の上からそれを垂直に押し下げると、半円筒の中にくり抜かれた芯の部分だけ残るしくみ。うまく使えれば、焼きりんごも簡単に作れそう。

わたしの満足の種は、台所に多いようです。面白いのは、わたしが便利、満足！と思ったものでも、不満足、改良の余地ありと評価している人がいること。考えてみれば、使い方やその物に対する期待の大きさは人それぞれなので、評価が分かれるのも不思議ではないのですね。

職場で、学校で、家の中で。いろんな人の「ちょっとした満足」はどうやって芽生えて、幸福感に育っていくのでしょうか。興味深いところです。

二〇一八年一月四日

ものまねの意味

テレビをつけたら、歌手のものまねをする芸人さんが、熱演中。特徴をよくつかんでいるのですが、何しろ大げさ。やり過ぎじゃないの、と思いつつ、おかしくて笑ってしまいます。

まねをされるのは、芸歴も長く個性際立つ方々。けしからん、馬鹿にするなとお怒りになったら、そうですよねえと思わず相づちを打ってしまいそうなのですが、あるパーティーで自分のものまねを見たご本人は、よく研究しているね、わたしをまねてくれてうれしいよ、と笑顔で。

さすが、余裕あるなあと思いましたが、思い起こせば数十年前、学校で生徒に競ってまねされるのも、個性的な先生でした。その個性を写し取るべく、授業の内容は二の次、先生の話し声に耳をすまし、身振りに注目して、「似てる!」と言われたい一心で、観察。そうしてまねされる先生は、親しまれ、人気があったのです。

夕べみたテレビの番組では、素晴らしい記録を出したスピードスケートの選手が、理想的な滑りができたと喜んでいました。望ましい状態を繰り返し頭のなかで思い描くことによって、実際にそれに近づけるようになるという〝イメージトレーニング〟が上手くいったのだそうです。理想の自分をまねることができたのですね。

好ましいものに近づきたい、まねをしたいというのは、ヒトが持っている基本的な気持ちなのかもしれません。そういえば、「学ぶ」という言葉も「まねぶ(まねをする)」に由来すると聞いたことがあります。

これから近づいていくならば、より良く、望ましいほうへ行きたいもの。何をどんな風に「まね」ぼうかな、と思ったとたん、湧き出てくるあれこれ。どれにしよう、と迷いながら、ふとあの思いきりのよさだ!と熱演芸人さんの魅力に気づいたわたしです。

二〇一八年二月一日

おひなさまをめぐって

昨年、おひなさまを飾る場所が狭いと悩んでいたわたしでしたが、じゃあ、なんとかしよう、と今年は夫が仕事用の印刷機を移動させてくれて、数年ぶりにおひなさまをゆったり飾ることができました。

収納箱の中には、ほかにもちょっとした飾り物が入っているのですが、これ、丁度いいかもと見つけてうれしくなったのは、さかいのお母さんが娘に作ってくれた、おひなさまです。和紙と千代紙でできているのですが、着物や合わせの部分の柄が可愛らしい。もう結構前の作品なのですが、娘の親王飾りと一緒に飾ってはしまって、飾ってはしまって。とっておいたのです。

店には小さな窓があって、窓枠にちょっとした物が置けます。あれば、その季節のものを置くようにしているので、和紙のおひなさまは、まさにうってつけ。さっそくお殿様とお姫様を並べて置くと、思ったように丁度いい。そして、おひなさまですねと度々、声を掛けて頂くようになりました。

食べる物に困った時代、親御さんがおひなさまを食べ物に換えてしまった。どうしておひなさまはなくなったのと尋ねると、食べ物になってみんなを助けてくれたんだよと言われてね、というおはなし。また、自分のおひなさまは人形ではなくて、掛け軸に描かれた絵だったと話してくださった方もみえました。

そうしたこともあるのか、近頃は自分の楽しみのために買い求める人が増えており、おひなさまも多様化している様子。特に、場所を取らない豆ひなさまは人気があるらしく、よく目にします。自分を守ってくれるおひなさまは、女性にとって特別なお人形。穏やかに向かい合うときをこれからも持ち続けられますように、と願いました。

二〇一八年三月一日

半袖びいき

「ひさこちゃんは半袖になるの、早い」と友達に言われて、どっきり！　わたしが小学生だったほぼ半世紀前、春のまだ肌寒い日には、長袖のブラウスにカーディガンを羽織るのが女の子の定番でした。ところが、長袖の上に長袖を着るのは結構、難しい。ブラウスの木綿にカーディガンのニットが引っかかって、なかなか袖が通らない。ぶきっちょのわたしはそれが苦手で、いち早く半袖のブラウスをこっそり着て、カーディガンも楽に羽織れるようにしていたのです。

六月になると、バス会社の営業窓口で仕事をしていた父親も、衣替えで半袖着用になりました。胸元のポケットに社名が刺繍された半袖の開襟シャツに、薄手のスラックス。当時は今よりずっと制服がある職場が多かったので、学生さんだけでなく、仕事をしている大人の服装も白っぽい半袖に変わると世の中が明るくなったような気が……。なんだかうれしい気分になりました。

ですが年々、暑さが厳しくなってきた現在、どこへ行っても屋内ではエアコンがフル回転。冷えないように、また強い日差しから肌を守るために、夏でも長袖を着ている人が増えてきたようです。かく言うわたしもその一人。

でも心のうちでは、暑いときはやっぱり半袖！と思っているので、もやもやした葛藤もあって。袖が短いと風通しがいい、ということのほかに魅力がある？……とすれば、すっきりさっぱり感が味わえることでしょうか。暑いときに長袖を着ていて、その爽快感が得られないのはちょっと悔しいですね。

さて、「ちゃこは半袖になるの、早いよね」と友達に言われたのは大学生のときでした。再び、どっきり！　高校時代、部活動に明け暮れ、制服ばかり着ていたので服をあまり持ってなかったのです。長袖が足りないから、半袖を引っぱり出して着ていたという、年頃の女の子にしては情けないはなし。

振り返れば、半袖にずいぶん助けてもらったわたし。何となく半袖びいきになっていたのは、無意識にも感謝の気持ちがあったからかもしれません。

二〇一八年五月一日

スーパーいとこ

一人っ子のわたし。夏休みにおばあちゃんちへ行くのが楽しみでした。ひとつ年下の、女のいとこがいたのです。宿題も持っては行くのですが、それは形ばかり。着いたら何して遊ぼう?と考えをめぐらせます。

朝はお寺の境内でラジオ体操。ごはんを食べたらおじいちゃんと畑に行ってお手伝い。昼からは川で水遊びして、帰ってきたらおやつ。スイカだったら縁側で種飛ばし競争しよう。普段できないことがいろいろできるのです。

わたしは遊ぶことばかり考えていましたが、彼女はしっかりしていました。おばあちゃんには私の母親を含め八人の子供がいたのですが、それぞれが孫世代を連れて出入りします。他のお客さんもあるので、しょっちゅう誰か来ているのですが、そのたび、お茶を出してくれるのは、いとこなのでした。

食事の時間が近ければ、採りたての野菜を切り、そうめんなどもちゃっと茹で、「食べてって」とすすめる。学校にあがったばかりの子が、手際よくやる様子は誰が見ても感心し、大人はさらに可愛らしさも感じたのでしょう。おみやげをあげたり、今度、どこかへ連れていこうね、と声をかけたりしていたので、わたしはうらやましく思っていました。

おばあちゃんと一緒に暮らして、人をもてなすのに慣れているからかなあ、とお客さんの末席でそうめんをすすりながら彼女を見ていましたが、さて、自分に同じことができるか、考えてみると……たぶん、無理。まめなお手伝いなどできず、こっそり子供部屋へ逃げこんでしまうだろうな。自分のふがいなさを恥じ、いとこに脱帽。そうして夏は過ぎていくのでした。

先日、頼みたい用事ができて、彼女と久しぶりに話をしました。

「お姉ちゃん、忙しくて大変だね。みんなの都合を聞いたら、また電話するよ」と、相変わらず気さくで、段取りもよく、こっそり尊敬していた〝スーパーいとこ〟健在だわ！〝お姉ちゃん〟はうれしくなると同時に、横着なまま大人になってしまった自分にもはたと気づいて、懐かしい情けなさをまた、味わったのです。

二〇一八年八月一日

旅の計画

今年も夏の休暇は、長野県安曇野へ行ってきました。夫の希望で軽井沢にも足を延ばし、なかなか面白い旅でした。計画の大枠を考えるのは、夫です。ガイドブックやインターネットを見て下調べをしてくれますが、野菜が美味しくてのんびりできるところであれば、わたしはしっぽを振ってついて行くし、どう転んでもおとなの二人旅なのでなんとかなる、と気楽です。

子供たちが小さかったときは、準備が大変でした。代えのきかない必需品や、持って歩きたいお気に入りもあって、荷物がすごかった。旅の計画自体は、のんびりペースにしておけば大丈夫なのですが、それはまた子供が大きくなるにつれ、変わってきます。

旅行中は、大人にとっても貴重な休み。仕事や用事をやりくりし、休みをつくって出かけるので、希望もふくらみます。我が家では、夫とわたしが涼しいほうへ行きたくて、毎年、山方面に。予算内でお世話になれる良さそうな宿を幾つか見つけ、喜んで繰り返し伺いました。が、その安気な選択も子供たちにとっては、「また?」。目新しさもほしかったようでした。
山歩きやテニスなど、普段は一緒にできないこともしましたが、限られた時間を有効に使いたいという思いが先走って、真面目にやり過ぎた気も。子供たちの乗りのわるさに、落胆したこともありました。

でも、子供と遊ぶことを考える時期は案外、短かった気がします。中学生にもなれば、宿泊先でまんがを借りて読んだり、普段とちがうベッドでごろごろしたりして親子ともどもリラックス。おおまかに移動の予定だけ決めて、後はそのときしだいという楽な旅のかたちが、だんだん定着しました。

わたしの父も晩年、共に何度か旅をしました。夫に誘われ、ふらり訪れた沖縄民謡の居酒屋では、三線を聞きながら泡盛を味わい、満面の笑顔でした。思いがけない出来事だったから、一層、父の心を浮き立てたのかもなあ。たいそう喜んでくれたことがうれしくて、思い出しては今でも涙目になります。

二〇一八年八月三十一日

〃情報断ち〃の成果

洗濯終了。ふふっ。思わず笑みがこぼれます。ドラム型洗濯機の扉をあけて、いちばん手前の洗濯物を引き出すと、するっ。ほいっと足元のカゴに入れ、次の一枚を引き出せば、またまた、するっ。なんと快適なんでしょう。

袖の長さは変われど、一年中Tシャツを愛用しているわたしは、その洗濯に悩んでいました。首周りが伸びる。洗濯機から取り出すとき、ほかのものとからまって、形がくずれる。かといって、特別に手をかけるのは面倒だし、しかたないかとあきらめていました。

ある朝、ごはんを食べながらつけていたテレビ番組で、それが取り上げられたのです。急いで音量をあげ、しっかり眼鏡もかけて観たところによると、伸ばしたくない首周りには輪ゴムをかけて、軽く束ねたような状態で洗濯機に入れる。そのときテニスボールをいくつか入れておくと、洗った後もからみあわない、とのこと。

テニスボールはありませんでしたが、以前ホームセンターで〃洗濯ボール〃なるものを見かけたことを思い出し、早速、購入。輪ゴムも使って試しに洗濯してみたところ、とても調子がいい。好きなTシャツも安気に洗えます。

実は最近、控えめに〝情報断ち〟をしていました。ちまたにあふれる情報には、自分には興味がないことも不向きなものも、もちろんある。素晴らしい、真似したいけどできないなあと虚しくなることもあったりして、流れ込んでくる情報に接するだけで疲れてしまって……。もう、いい。いいかげんにしておこう、とインターネットや雑誌、テレビもあまり観ないで過ごしていました。

断食後に食べる食事は、薄味でも身体に浸みて美味しく感じるというように、今回、わたしの頭には過剰だった情報を遮ったことで、無意識に探していた必要な情報が目に入ってきたようです。

〝知る〟ことは役立つし、喜びでもあります。自分のための情報をどうやって選び出すか、これからも探っていかなければなりませんね。

二〇一八年九月三十日

形見分け

よく晴れた暖かい日、父が使っていた衣料品の整理をしました。今年、亡くなった父は、一人暮らしをしていた間もわりとまめに家事をしていたので、冬のコートにクリーニング済みのタグがついていたりして、きまりのいい暮らしぶりであったなあと元気だった頃が思い出されます。

昔、わたしのおばあちゃんやおじいちゃんが亡くなった頃には、葬儀が終わったあと形見分けがありました。畳のうえに普段使っていた服や持ち物が広げられ、故人を思い出すよりどころとして、使わせてもらいたい物があればいただいていく。おばあちゃんの形見分けをしたとき、わたしがプレゼントした藤色のお財布も並べてあって、母が「次はわたしが使わせてもらいたい」ともらって帰ったのですが、またおばあちゃんにうちへ来てもらえたようなうれしさがありました。

今は人の移動も多くなり、親類縁者が近くに住んでいるとは限らない。葬儀の簡略化が進んだこともあってか、「形見分け」という言葉もあまり聞かなくなりました。

それでも物は生かしたい。以前、実家の片づけをしたときに、押入れから立派なタオルやシーツの箱が出てきたのですが、開けてみると古くなり黄ばんでしまっていて。いい物だからすぐに使えばよかったのにな。使うつもりがなければ、バザーなどに寄付していれば役に立ったのにと残念でした。

幼稚園に行っていた頃、先生から「物にもいのちがある。生かさないとかわいそう」と聞いて子供心に深く納得した覚えもあり、物を死蔵することはなるべく避けたい。父の愛用品、まずは家族に使ってもらえそうな物は託し、あとはリサイクルセンターに展示してもらうことにしました。どこかで誰かの役に立ってくれれば。

「洗濯したら、縮んじゃってさ」と父が言っていた温かいセーターと、永年勤続でいただき大事にしていた懐中時計を、わたしはもらいました。

二〇一八年十一月三十日

念願のミュージカル

こたつの魅力

師走になろうかという頃、遊びにきた娘に「こたつ、出さないの?」と聞かれました。自分の家には小さい子供がいて駆けずりまわるので、せめて実家でのんびりこたつに入りたいのでしょう。わたしもそろそろかな、と思っていたので、今度来るときまでには出しておくね、と約束しました。

読んで思わず笑ってしまったのですが、ちょうどその頃、新聞の投稿欄に「こたつは悪魔の暖房器具だ」と書いている人がありました。いわく、座ってしまうと暖かくて立てない、動けない。ちょっと横になるかと思ったが最後、気持ちよく寝てしまって目覚めると夜中。ああ、やってしまったと毎回思う、と。

まったく、その通り。ぬくぬくした心地よさに負けてずるずる過ごしてしまうこたつライフと、繰り返される反省。でも、実はその中に少し、ずるずる、のんびりできたことへの充足感があるんですね。

なので、正月休みが終わって、豆を買いに来てくださったお客様が「お正月は、こたつに座れる時間があってうれしかった」と話されたのを聞いて、ほんと、そうですよねと深くうなずいてしまいました。夕食が済んでもその後にしなければならないことがあると、動けなくなってしまうこたつには座れません。子育てをしながら働いているお客様が、のんびりできていいお正月だったと言われたのを聞いて、わたしもうれしくなりました。

こたつを出してから数日後、やって来た娘は喜びました。家にいたとき、冬になるとこたつを背負って暮らしているような「こたつむり」だったのですから。早速、首までこたつに入りこんだのですが、遊んでもらえると思った飼い犬たちがとんできて、ふとんから出ている顔をペロンペロン。孫もはしゃいで娘を踏んづけて通る始末で、哀れ、のんびりとはほど遠い状態に。

彼女がふたたびこたつの魅力を堪能するのは、まだしばらく先のようです。

二〇一九年二月一日

トイレの進化

数か月前、山のうえにある牧場に行ったときのこと。トイレをお借りしたら水洗でない和式の穴型で、壁には「落とし物は取れません」と携帯電話の絵がついた貼紙が。確かに、落としたら大変です。

わたしが小さな子供だった頃、トイレはこの形でした。開口部である穴の大きさはいろいろでしたね。ふちの内側から大きくすぼんと開いているタイプ、じょうごのように下にいくにしたがってすぼまっていて、比較的、開いている部分が小さいタイプ。暗い穴の部分は小さいほうがこわくなくていいと思っていたので、出かけたときやよそのお宅でトイレを借りるときは、一体どんなトイレなんだろうとドキドキ。父や母にトイレのところまでいっしょに行って、と頼んだりしていました。

幼稚園に入ったとき、いちばん驚いたのもトイレを見たときでした。例によっておそるおそるのぞいたら、小さくてかわいかった！　和式の形でしたが子供サイズのそれは、おままごとに使う道具が小さいのと同じようになじみやすく、単純なわたしは幼稚園のことが一気に好きになりました。毎日、何回もお世話になるトイレの影響力は大きいのです。

小学校に上がったときはちょうど校舎が建て変わったところで、その頃から水洗トイレの恩恵に預かることになりました。昭和四十年代半ば、外に出かけても、ここはどんなトイレなんだろうと心配することもなくなり、暮らし全体も快適をめざしてどんどん進化していったように思います。

数年前、自宅のトイレの調子がわるくなり、思いきってリフォームしました。以前に比べると、水洗に使う水の量が少なくて済むらしいということは聞いていましたが、前に立つとトイレのふたがピッと自動で開く、使用後も適当なときに自動で水洗する、と驚きの機能あれこれ。初めこそ、こんなにやってもらっちゃっていいのかしらと遠慮がちに使っていましたが、毎日、使っているうちに普通になってしまうんですね。いいのかな、どうなのかなと思いつつ。

とはいえ、もうずいぶん長いこと、トイレがひとときくつろげる貴重な場所になっていることはまちがいありません。腰掛けられる洋式が普及して座っているのが楽になり、何か読んだり考えたりすることができるようになったことは大きいのでしょうね。寒い冬の朝も、じんわりおしりに温かさを感じつつ、一日の予定を考えられるありがたさ。棚に置いたことわざ辞典の一項だけを読むのも、最近のたのしみです。

二〇一九年二月二十八日

安気に眠りにつく

冬、寒かった頃のはなしです。そろそろ寝ようと寝室に行くと、ひんやり。思いのほか冷えていて、急いでふとんに入ります。よし、もう大丈夫……なはずでしたが、なんだか顔が寒い。仰向けのまま、目の下までずるずるふとんにもぐると、今度は息苦しい。ごそごそしているうちに、横向きなら頭のうえまですっぽりふとんにもぐっても苦しくないことに気づきました。温かいし、背中を少しまるめると身体も緩んで、たちまちぐっすり。

安気に寝つけることほど幸せなことはないんじゃないかな、と思っています。なので、赤ちゃんが眠いときに泣くのは、寝たくても何かしらおそれを感じてすっと眠れないからだと聞いたときは、気の毒な気がしました。眠るのが仕事のような時期なのですから。

わたしも小さい頃は、眠るのが不安でした。ふとんに入ると片手を伸ばして、添い寝をしてくれる父に手をつないでもらっていました。それで安心して眠れました。

娘にも面白いくせがありました。眠くなってくると右手の人差し指を立てて、右耳の上あたりにくるくると丸を描くのです。傍目に見てもかなり眠そうで、ならば丸など描かずにすーっと寝てしまえばいいのにと思いましたが、それもまた心穏やかに眠るためのおまじないのようでした。

今、母親になった彼女は、食事より何より遊んでいたい小さな息子を寝かしつけるために、寝床で一冊、本を読むそうです。大好きな車や動物、強いヒーローの絵本を読んでもらうと満足して、ほどなく眠りにつくといいます。

ふと思い出したのは、父がふとんに入ってテレビを観ていたことです。部屋の灯りは小さく薄暗いなかで、画面が光を放ち、ニュースやドラマの音声が聞こえる。……そして、父のいびきも。働き盛りの頃、疲れて帰ってきて、晩酌もしていましたので、ふとんに入ればすぐに眠れます。それなのに毎晩、寝室のテレビを律儀につけて、少しは観ていたのかどうだったのか。

わたしは本を少し読むと安気に眠れます。読む楽しみはもちろんあるのですが、一日、せわしく過ごしても、寝る前に自分のための時間をつくれたという満足感が大きいですね。父がつけっぱなしにしていたテレビもそうだったのかな。

今日、こたつで寝ていた飼い犬の格好が、寒かった日のわたしの寝姿と同じで笑いました。一緒に住んでいると似るんだね、となでてやりました。

二〇一九年四月一日

サンドイッチ

三歳くらいのとき、電車に乗ってピアノを習いに行っていました。やりたくて始めたのに練習はあまりしなかったので、家を出るときはいつもしぶしぶ。ですが帰り道での楽しみを思うと、とにかく行かなきゃ、とレッスンへ。母に駅のホームでサンドイッチを買ってもらうのです。

手のひらサイズの上面片側が開く小さな紙箱入りで、たぶん薄切り食パンの二枚重ねが三等分。スライスされたきゅうり、ハム、チーズがそれぞれの具というシンプルなものでしたが、よく覚えているのは、パンに薄く塗られたバターから、ほのかにからしの香りがしたことです。

なんだか素敵でおいしい。家で母が作ってくれる、バターにいちごジャムを塗り重ねたパンも甘くて好きだけど、これはまた、ちょっとちがう。

「もう少し、きちんとおけいこしようね」と毎週先生に言われながらもレッスンに通い続けられたのは、サンドイッチのおかげだったと思います。

「ちゃこちゃん、あそこのフルーツサンド、食べた？」と教えてくれたのは東京で学生生活を始めたとき、同じクラスになったひとみちゃんでした。あそこ、というのは学校近くの小さな食堂。わたしもサークルの先輩にくっついて何度か行ったことはありました。狭い店内に詰めあって座り、家庭的なメニューから生姜焼き定食などを、おいしい、安い！といただいていたので、あのお店？　それにフルーツサンドって何？　とはてなだらけでした。

次に行ったとき、早速注文。びっくりしましたね。パンに桃やらいちごやら、果物と白いクリームがもりもりにはさまっているのです。甘くてふわふわ。乙女心をわしづかみにされました。

サンドイッチといえばチーズや野菜、と思っていた自分の常識があっけなく覆されたこと、店主ご夫婦が、ほぼ男子学生相手に営んでいるような飾り気のない店で、お菓子のような可愛いサンドイッチに出会えたことは衝撃的でした。そして、フルーツサンドが大正時代からフルーツパーラーのメニューに載っているものだと知ったのは、それからかなり後のことでした。

今でもサンドイッチは好きで、家でも何か冷蔵庫にあるものをはさんで食べています。そういえば、はて?と思うことがひとつ。

お店で買ったサンドイッチ、食べようとつまもうとしたとき、どこまでが一つかわからないこと、ありませんか。よく見ると二枚のパンの間に具がはさまっているのではなく、三枚パンがあって真ん中のパンの両側にそれぞれちがう具がはさまっていたりする。一度に味わえるのがいいのかな。謎です。

二〇一九年五月二日

黄色い自転車

そうだ、自転車を買おう！と思いついてわくわくしました。入院中の父が退院し、うちの近くでお世話になれるのなら、わたしは自転車でピューッと会いにいけるのです。

転んで脚の骨を折ってから、父の具合ははかばかしくありませんでした。退院しては入院を繰り返し、体力も元気もじわじわ減ってきました。なるべく顔を出して、その日の天気や仕事のこと、ひ孫の話など、いろいろ話して普段の暮らしを思い出してもらいたい。

病院やそのあと一時入所させていただいた施設も遠くはありませんでしたが、往復にかかる時間と、父のところであわてずに話をする余裕も欲しいとなると、思うほどは通えませんでした。

そんなとき、うちから数分で行けるところに新しいケア施設ができるのを知ったのです。問い合わせ開始の日に早速足を運び、話を聞いて、ぜひお世話になりたいと待つこと数か月、願いはかないました。

ああ、よかった。いつでも、すぐに訪ねられるように、自転車を買おう。近くにある再生自転車の工房を訪ね相談すると、数あるなかから乗りやすそうな数台にしぼってくれました。最後に残ったのはシックな深緑色と、目にも鮮やかな黄色。いつもなら迷わず好きな緑色を選ぶのですが、このときは黄色だな、と思いました。パワーがもらえそうな気がしたのです。

父が元気だったとき、連れ立って好物のラーメンを食べにいったり、犬の散歩をかねて大きな公園へ出かけたり、いろいろやりました。お茶目でちょっとふざけたような父とのんきなわたしは、なんとなく仲良しでした。

外出できなくても、何か、たのしいと思ってほしい。春になると、黄色い自転車は大活躍。住宅地を、田んぼを抜けて、毎日スイスイ走りました。

「今日も自転車で来たんだよ」「そうかね」父はにっこり笑いました。その日は、なぜか言わなくちゃ、と思ったのです。「ここへ来ればいつでも会えるから。わたしはここへ来るのがたのしみなんだよ。また来るね」父はうなずいて片手をあげ、バイバイしてくれました。それが最後になりました。

父のもとへ通えたのは二か月でしたが、自転車はわたしの相棒になりました。黄色だから雲の上からもよく見えるのではないかと思っています。

二〇一九年五月三十一日

ふわふわ、もちもち、つるつる、さくさく

〝ふわふわ、もちもち〟という食パンの宣伝をよくみかけます。ここ数年、とても人気があるようです。

柔らかいタオル、羽毛のふとん、ぬいぐるみ……。ふわふわなものには癒されます。口のなかでふわっとする食べ物もそうなのかもしれません。でも綿菓子のようにくちどけがよく、すぐになくなってしまうのは、ちょっとかなしい。〝ふわふわ、(しかも)もちもち〟であれば、柔らかだけど弾力もあって、ゆっくり食感を楽しむことができるのでしょう。

香り、味とともに、食べる楽しみをつくりだしてくれる、食感。それを表すことばも豊富にあって、暑い時期、食欲がおちてしまっても、〝つるつる〟という言葉を耳にする

と冷たいめんが食べたいと思ったり、〝しゃきしゃき〟した野菜のサラダなら食べられるかな、と考えたり。繰り返すリズムもシンプルで、耳に心地いいですね。よく使われ、なじみ深いのは、そんな理由もあるのかなと思ったりします。

子供の頃、〝さくさく〟と聞けばおせんべいを思い浮かべました。少し大きくなってから、パイ生地を焼いて砂糖をまぶした洋風のお菓子が出回るようになり、それがわたしの〝さくさく〟に。大好きで、母と買い物に行くと、「さくさく、買ってー」とよくねだりました。すっかり大人になってしまった現在は、かむと〝ぷちぷち〟する雑穀の入ったかたいパンが好物です。昔、母が「かめばかむほど味がでる」と言うのを聞きながら、なんであんなに地味であごが疲れるのがいいんだろう、と思っていましたが、いや、ほんと。今ならよくわかります。

〝ふわふわ、もちもち〟の食パンはトーストすると、外はカリカリ、サクサクにもなるそうで、正反対の食感を楽しめるのも人気の理由かも。かたいパン派のわたしも、興味がわいてきましたよ。

二〇一九年七月二日

黄緑色のソファー

それは軽い気持ちで買ったものでした。居間で使っていた大きなソファーが傷んできて、新しいのがほしい。でも、いいと思えるのは簡単に見つからないだろうし何もないのも困るから、と間に合わせで買ったのです。スーパーの雑貨売り場に「現品限り セール価格」で置かれていたものでした。

黄緑色の布張りで、低い背もたれのついた二人がけ用と一人がけ用、そして背もたれはなく、座面を開けると物入れになるスツールタイプがひとつ。好きなようにくっつけて使えるカジュアルなソファーは、使い始めてみるとわるくありませんでした。前のものより軽く、動かすのが楽。部屋を広くしたいときには、ひとつふたつ他の部屋へ移動させるのもひとりでできます。

家族がかわるがわるすわったり寝転がったりと、癒しの場であるソファーは、すぐに居間になじみました。愛着もわいてきて、簡素なその作りを快適にすべく、夏は涼しげなチェックの布と肌ざわりさらさらのシートを、冬はもこもこの暖かなカバーと毛布を重ねて、居心地よく過ごしました。

「最近、すわるとおしりがゴツッとするね」と夫が言ったとき、気がついて驚きました。

もう十数年を過ごしていたのです。
転がってくつろいでいた子供たちは巣立ち、新たにやってきた犬たちもちいさな孫も、皆で親しんでいたソファーでしたがそろそろお別れ。とりあえず、なんて買ってわるかったね。長い間、ありがとう。

いろいろ調べてよく考えて買っても、使ってみたらいまひとつということもあるから、黄緑色のソファーが思いのほかよかったのはラッキーだったのでしょう。でもできればおちついて、吟味して買い物をしたい。
迎えいれたのは、パーソナルチェアといわれるリクライニングができる一人用の椅子、ふたつです。売り場で試したところ、斜めになってくつろげる気持ちよさに「ずっとすわっていたいねえ」と意見が一致。夫はふんわり厚みがあるソファーのようなのを、わたしはさらっとした生地のシンプルなのを選びました。娘は老夫婦感が出てると笑いますが、いやあ、極楽。立ち上がれない。暖かくて離れられなくなるこたつを「悪魔の暖房器具」と呼んでいましたが、これまた「悪魔の椅子」になりそうなパーソナルチェアです。

二〇一九年八月三十日

新星の活躍

心を痛めたり残念に思ったりする話題が多いニュース番組で、おっ！とうれしくなるのは、スポーツ、芸術などさまざまな分野で、優れたちからを発揮する新人の登場です。特に十代の若者や子供の活躍には、舌を巻きます。

どうしてそんなに早い時期から、素晴らしい成果が挙げられるのでしょうか。幼いうちからそのものに親しんでいたり、優れた指導者との出会いがあったり。親御さんがその道のかたであることも、よく耳にします。

子供の頃、自分と同じくらいの子が活躍するのを見ると、憧れました。素晴らしさに感嘆するのはもちろん、切れのよい動きや、人の心を動かすような力強さ、ひとつのことに集中する姿にも美しさを感じました。

親御さんとインタビューを受けているのを見れば、いいなあ、うちのパパとママはなんで普通なのかなあ、とばちあたりなことを考えていました。

ピアノを習いたいと言いだした三歳の頃、両親はわたしにピアノを教えることはできませんでしたが、楽譜が読めるように手作りの音階表を壁に貼ってくれたり、レッスンにも連れていってくれたりしました。それに応えてわたしが練習に励んだかといえば……。

根気も熱意も乏しく、両親をうんぬんする前に、もう少しがんばってみようかと促したいようななまけものだったのです。

思うに、気が散りやすく、きまぐれな時期の小さい子供が、くりかえし練習したり地道に学んだりすること自体、そもそもすごいことなのですね。

自分が親になって、わかるようになったこともあります。子供たちが幼くて、子育てと仕事に追われていた頃は、もうそれだけで手一杯でした。まず生活があって、子供がほかに取り組みたいことがあるといえば、そのための時間を親も子も確保しなければなりません。加えて、指導者として自分の子供を導くなら、家族ならではの葛藤が生じることもあるでしょう。精神的にも身体的にもタフでなければ、とても務まらない役割です。

歳若い新星の活躍は、いつの時代も楽しみなもの。美しく泳ぐ白鳥の、足は盛んに水をかいているといいますが、輝く彼らの〝足〟にも想いをはせて、これからも応援していこうと思います。

二〇一九年九月三十日

腕時計

写真の整理をしていたら、孫が紙でつくった時計をはめて、うれしそうにしている一枚がありました。そうだった、腕時計ってなんかうれしかったな。

針の動かないおもちゃでも、子供の自分には上等な感じがしましたし、学校にあがった頃、父が香港のおみやげで買ってきてくれた本物には興奮しました。文字盤には人気者のねずみキャラクターがついていて、その両手が長針、短針として動くのです。

遊んでばかりの子供でしたから、時間を気にする必要はありませんでした。それなのに、いや、だからこそ、時間ごとにやることがあって、腕時計をちらっと見ながら行動する大人が格好よく思えたのでしょう。時計をはめたほうの腕を少し持ち上げ、忙しげなまねをするのがうれしかったのです。

腕時計が本当に必要になったのは、高校生になる頃でした。通学で電車やバスを使うので、進学祝いとして買ってもらいました。とにかく大人っぽいのがいいと思って選んだのは、銀色のふちに、細い黒の革ベルトという地味なもの。文字盤があまり見かけない深緑色だったのに目を引かれ、ふたつ並んだ小さな窓に日にちと曜日が出てくるのも便利そう、と決めました。

移動することが多い学生時代にも、腕時計はなくてはならないものでした。主婦、母になると家で家事をしながら過ごすことが多くなって、時間は掛け時計で見るようになります。携帯電話を持つようになってからは、外出するときも腕時計はしなくなりました。

しばらくご無沙汰していましたが、気づくとまた使うように。外にいるとき、腕に目をやるだけで時間がわかるのは、やはり便利なのです。

夫の腕時計には方位がわかる機能もついていて、街歩きや散策をすると、うれしそうにあっちが北だ、とたびたび教えてくれます。実は高度もわかるらしいのですが、いつぞや飛行機の中でマイナスだ、海に潜ってることになっているぞ、と言うのを聞いてから、その使い方をあやしく思っています。

変わったところに行くことも細かい予定もないわたしは相変わらず、日にちと曜日がわかればそれで十分。黒の革ベルトは何度か色を変えて、今は明るい緑色です。

二〇一九年十月二十九日

子供は暇なほうがいい

夜中にラジオを聴いていたら、いい感じのギターの曲が続きました。著名人が自分の好きなアルバムを紹介するコーナーで、曲のあいまに演奏者とアルバム名も教えてくれます。耳を澄まして聞き取り、さっそくインターネットで調べてみました。

あれ、このアルバムジャケット、見覚えがある。インディアンの衣装を着た外国人男性が二人、ギターを弾いている写真。一体、どこで見たんだろう。

しばらく考えて、思い出しました。うちにあったんだ！

横長で、両端にスピーカーがついたステレオが実家にあった頃、父がこのレコードを持っていました。ＬＰといわれた大きなサイズで、写真も大きくついており、暇な子供だったわたしは（インディアンのおじさんは、本当にギターを弾くのかな）と不思議に思っていました。

そのレコードを聴いた覚えはないのですが、半世紀たってラジオから流れてくる曲を聴き、二台のギターが奏でる音を心地よく感じたのは、当時も知らぬ間に、耳にしていたのかもしれません。

暇で、退屈した子供でよかった。そうでなければ、レコードジャケットなどながめず、その写真を不思議に思うこともなく、半世紀あとに出会えたとしても、実家にあった一枚だと気づかずにいたでしょう。

やることがないから〝暇〟なのですが、そのうち何かやるのです。子供はやはり、暇なほうがいいのではないかな。暇そうに見えても、頭の中でいろいろ考えていることもありますし。

小さな孫を乗せて運転することがあるのですが、車の中はたいてい静かです。後ろの席に座っている彼が、窓の外をながめながら何を思っているのかな、と見守るのもひそかな愉しみです。

ある日、思いました。わたしの好きな音楽をかけたらどうなるだろう。暇とおぼしき彼の耳は、きれいなハーモニーに気づいてくれるでしょうか。

さっそく、実践中です。いつか、この曲、車の中で聴いたことがある、と思い出してくれたら、かなりうれしくなるでしょうね。

二〇一九年十一月三十日

あて名書き

毎年の年賀状、あて名書きはわたしの担当です。

家族の似顔絵を書き終えた夫は、「ぼくの仕事は終わった」とにこにこ。そこからわたしの戦いがはじまります。

いや、〝戦い〟は、おおげさかな。せわしい師走にたくさんのあて名書きは、確かに大変だけれど、そんなにえらかったら（えらい＝大変、という意味の方言です）名簿を入力して、印刷できるようにすればいいのです。

今までに、やろうかな、と思ったこと数回。それでもやらないのは、なまけものだから。

……恥ずかしながら、まちがいありません。

でも、ほかにも理由が。あて名書きは、年の初めにいただいた年賀状を見ながらします。変更があれば、そこだけ変えて書きます。毎年、毎年。すると、何かで〝○○県△△市〟と見聞きしたとき、あ、あのひとが住んでるところだ、とわかるのです。

いいなあ、とうらやましくなることもあれば、大丈夫だろうか、と心配になることも。

いずれにせよ、わかってよかったと思うのです。

夫にも教えてあげます。

「□□くんが住んでるところだよ」

そんなとき、わたしの鼻はいつもより、少し高くなっていることでしょう。

二〇二〇年一月四日

念願のミュージカル

昨年、念願かなってミュージカルを観に行きました。冒頭からテンポよく、大胆に切り替わる場面に目は釘付け。

前半が終わっての休憩時間、右隣りに座っている夫に、「すごいね、魂、持っていかれちゃったよ」と言うと、彼も深くうなずきます。

平静を取り戻して後半に備えようと周りを見回すと、わたしの左隣りの女性が静かに手元のリーフレットをながめているのが目に入りました。少し年上かとお見受けしたその方は、ひとりでいらした様子。かといって寂しげではなく、来慣れているのか、落ち着いて愉しまれている余裕を感じました。

いろいろ知っている方かも。ああ、お話したい。

思いきって話しかけました。

「ここには、よくいらっしゃるんですか」

にっこり笑ってくれました。そして、自分はこの劇団が好きだけれど、演技が大げさだと言う人もいるようですよ、と茶目っ気たっぷりにおっしゃいました。

今回の演目はいつもよりずっとダンスが多いこと、後援会に入っているとやはりいい席が取りやすいこと、お孫さんと観に来ることもあり子供と観るならこういうのがお勧め、など快く教えてくださいました。

ひとりで出かけたり、行動できたりする人にはパワーを感じます。自分が好きなもの、やりたいことをはっきりわかっている強さでしょうか。思い切りのよさに欠けるわたしも、少しずつ〝動ける人〟になりたい。気持ちが上向きになりました。

ミュージカルの後半も歌とダンスに惹きつけられて、幕が下りた後も酔ったように、しばらくすわっていました。隣りの女性は、通路の流れが混む前に立ち上がったようで、お礼を言い損ねたのが残念でした。

二〇二〇年一月三十一日

理想のフォーマルウェア

新しい年が明けると、寒くても陽射しが明るくなってきます。買い物に出かければ、婦人服売り場にも明るい色が。この時期、毎年、目を引くのは、美しく並ぶフォーマルウェア。子の成長の節目となる日を心待ちにしているお母さんたちに、早い時期から、素敵な装いありますよとアピールをしているのでしょう。

聞くところによると、卒業式には厳粛な雰囲気に合わせて、黒・紺・グレーなどシックな色合いの落ち着いた感じが、また入学式には喜びを表す明るめの色や華やかなデザインが支持されているらしく、そのあたりはかなり前、わたしがそういった式典に出席していた頃と、あまり変わらないようです。

懐かしいなと思い出すのは……寒かったこと。三月の卒業式はもとより、四月の入学式も花冷えのする頃で、まだ結構、寒いのです。厚めの生地のスーツでも着ていけば問題ないのですが、いや、もうそれは時期的にちょっと違うよね、という気分にもなっている。

結局、春から秋口くらいまで着用できる紺のブレザーの下に、その日の気温に合うようカーディガンやベストを着て、出かけました。寒さ対策にはなりましたが、華やかさはありようもなく、当時はあまり多くなかったお父さん出席者に近いコーディネートでした。口をとがらせた娘に「ママ、なんでいつもブレザーなの」と聞かれたこともありましたね。きれいに装いたい気持ちがない訳ではありませんが、体育館の底冷えには打ち勝てなかったのです。

春らしい軽やかさと、適度な暖かさを併せもった服があればよかったなあ。そう、今ならば、冬に薄手のあたたか下着が定番化しているくらいだから、朝飯前のはなしなのかも。婦人服を作られる方、女性を冷えから守ってくれる春服を、ぜひご一考ください。

二〇二〇年二月二十九日

写真を飾る

家の階段の踊り場に、数枚、写真が掛けてあります。小さかった娘が夫の背中に乗って笑っているもの、中学生だった息子が卓球の試合に臨んでいるもの、わたしと夫がテレビ局の観覧スタジオで出演者よろしく座っているもの。数えてみると十数年から二十数年前のことになるのですが、毎日、階段を上り下りするたび目にしているので、そんなに経っている気がしませんでした。

写真の整理はなかなかできないもの。撮ってすぐ、ちょっとしたコメントなども付けてアルバムに貼っていたのは、息子が学校に上がる頃まで。目先の雑事に追われて、いい写真もしまっておくばかりになってしまい、とりあえず見えるところに出したい、と壁に掛けるようになりました。

こんなとき、あんなときがあったと目にすることができるのは、やはりうれしく、気をよくして、写真立てに入れて飾るようにもなりました。家のあちこちで、ずいぶん前のやら最近のやら、いろんな写真をながめられます。

たまに気を留めてじっと見ると、今とその頃がつながるような気もします。父や母が亡くなって寂しかった頃、旅先で一緒に撮った写真や、笑顔で愛犬を抱っこしている写真を、一日に何度も見ていました。こんなにいいときがあったことを今もこうして思い出せるのだから、全くさよならしてしまった訳じゃない。そう思えるようになると、寂しさも和らぎました。

いろいろわかるようになった孫が、居間に掛かっている写真を見て「ママだ」と言いました。彼の知らない過去の、可愛いかった頃の娘。でも顔は今と同じだから、わかりやすいんだねと笑ってしまいました。

未来の息子にみとめてもらえて、写真の娘もニッと笑ったような気がします。

二〇二〇年三月三十一日

家族のアルバム

もう三十年ほど前、息子や娘が生まれたときに、アルバムを頂いたことがありました。可愛い絵がついた布張りで〝○○ちゃんのおいたち〟と名前入りだったり、表紙をめくるとオルゴールの曲が流れたり。

凝った作りであるところに、さらに写真を貼っていくので、どんどん重くなります。厚みも増して、こんな感じで何冊も増えたらどうなるんだろうと思いましたが、二冊目からは薄い質素なアルバムを使ったので、心配したほどにはなりませんでした。

とはいえ、息子と娘それぞれに五冊ずつあり、家を出て行くときに持たせようとしたのですが、まだ置いといてと言われて預かったきり。いやいや、うちには夫の、わたしのと、家族でのアルバム、そしてわたしの両親が残したものも。少しは減らしていかないと。

考えた末、孫を巻きこむことにしました。その成長に合わせて、同じ頃の息子や娘のアルバムをさりげなく持っていく。ほうら、パパ（ママ）もこんなんだったんだよ、と。久しぶりに見る写真は懐かしく、その時々をひしひしと感じられるからか、わたしはもとより、それぞれの家でも面白がってくれるようで、預かっていた分も少しずつ、減ってきました。

渡したアルバムをどうするかは、本人に任せます。そのまま、とっておいてくれたらうれしいけれど、場所を食うからなかなか難しいかも。娘は、思い出深いのや気に入っている写真だけ、データ化して残しているようです。

うちにあるアルバムも、そうしようかなとは思いつつ、果たして、データ化したものを、横着なわたしがわざわざ見るだろうか。だいたい、停電したら見れないんだよねえ、と考える自分の古さに苦笑い。それでも、やはりアルバムは、手に取れるモノとして、気軽に見られるのが理想なのです。

二〇二〇年四月二十九日

折り畳み傘とビニール傘

使うかも、と持って出かけても、いざとなったらなるべく使うまい、とがんばってしまうもの。……それは折り畳み傘です。

使って濡れたのを閉じると、折り重なる生地がかさばって小さくまとめるのにひと苦労。長傘に比べると中棒が短いので、どこかへ立ち寄りたいときは、傘立てにどうやって立てようか迷います。もともとついている袋には、しっかり巻かないと入りきらず、不器用なわたしは濡れた生地と格闘することに。そんなこんなで、少しくらいの雨なら、よし、濡れて参ろう、と小走りで急ぎます。

長傘のほうが気楽に使えます。ほかのものと一緒に持つと思いのほか斜めになっていることがあるので、周りの人の迷惑にならないよう気をつけているくらいでしょうか。

でも、立てて置くのが楽なぶん、出先で置き忘れることは多いですね。手持ちの傘が古くなり、そろそろ新調しようと思っていた頃、いい傘を持つと忘れにくくなるとラジオで聴いて、なるほどと買いに出かけました。ところが目に留まったのは、可愛らしい模様がついたビニール傘。かなり大人なわたしが持つにはどうなんだろうと躊躇したものの、近場のおつかいに使うくらいならいいよねと言い訳をしつつ、買ってしまいました。

いや、驚いた。思ったよりずっとしっかりした作り。しかも視界がよくて、薄暗い雨の日には大変、助かります。聞けば、選挙演説やテレビの収録時に使われる高価なビニール傘もあるらしく。わたしのは財布にやさしい値段でしたが、とても気に入ったので自分にとっては、いい傘。置き忘れることはなさそうです。

夕刊をながめていたら、生地が改良された折り畳み傘も発売されるとのこと。どんな風に使いやすくなったのでしょう。梅雨の時期に登場する、新しい傘。期待します。

二〇二〇年六月二日

扇風機ファン

小さい頃のわたしのおもちゃ入れは、扇風機がはいっていた箱でした。側面についていたイラストは、クルクル回る羽根をうずまきで表していました。暑い日によその家を訪ねると、こっちへ、と扇風機の風がよく当たるところへ招かれて、冷たい麦茶をおよばれするような時代でした。

子供のとき長く暮らした家は富士の裾野にあって、窓を開けていれば涼しく過ごせました。高校を卒業後、上京すると、アスファルトの照り返しが暑くて、びっくり。それでも四十年ほど前のこと、小型扇風機とうちわがあれば何とかなりましたし、結婚して愛知に来てからも、そんな感じでした。

有難みがぐっと増したのは、十五年ほど前、ショッピングセンターにあった店の営業時間が長くなった頃です。外が暑いとフル稼働するエアコンで、体がすっかり冷えひえ。仕事を終え通用口から出ると、もわっとした暑さに包まれますが、それさえほっとするほどで、家ではもう冷気に当たりたくありませんでした。

そこで風の流れを作れば涼しくなる、という夫の指揮のもと、風上と風下の窓を網戸で開け放ち、風下に向かって扇風機を回します。すると確かに家の中の暑さは和らぎ、ちょうどいいくらいに。

多いときには五台、扇風機を使っていました。悩ましいのは、回しっぱなしにするので、羽根にほこりがたまってくること。ガードの網と羽根をはずして洗うとさっぱりしますが、五台もあると結構、手がかかる。長いことがんばりましたが、数年前、買い替えどきに羽根のない扇風機を試してみることにしました。

ほんとに羽根、なくていいの?と半信半疑でしたが、涼しいし、実際そうじも楽で、うーん、これは引き返せない。でも、もしこれからこういう形が普通になるのなら、願わくば、昔の扇風機売り場みたいに風でリボンをひらひらさせたり、風鈴を鳴らしたりする様子も見てみたいと思う、扇風機ファン?!のわたしです。

二〇二〇年六月三十日

奥が深い新しいエアコン

エアコンの冷気が苦手で、自宅では扇風機を回して過ごしていた夫とわたしでしたが、ここ数年の猛暑でそうも言っていられなくなりました。ある日、仕事部屋でエアコンをかけて事務作業をしていた夫が、うなりながら出てきて「うーん、ペンギンになりそうだ」ぺちっと触られてびっくり。氷のように冷たい手です。スタッフのKさんにそれを話すと、笑って教えてくれました。

「最近のエアコンだと、すごくゆるく冷やすこともできるんですよ。暑さによっては、どんどん冷やさないと追いつかないような気もするくらいです」

ああ、と思いました。夫の部屋についているエアコンは、二十数年前に家を建てたとき、おまけでつけてもらったものがそのまま。たぶん作りもシンプルで、がんがん冷やしてしまうのでしょう。

あわてて手頃なエアコンをさがして、替えました。驚いたのは、教えてもらった通りの、細やかな調整能力。簡単に言いますと、暑さを薄めて、過ごしやすい室温にしてくれるような。寒さを感じることもないので、外との極端な寒暖差に身体がしんどくなることもなさそうです。

素晴らしい進化！と思いつつも、こんなに快適な暮らしを、楽に手にいれていいのかなと心配にもなります。ますますひ弱な生き物になるなあ。

数日後、夫が機嫌よく言いました。

「エアコンで送風できるって知ってた？ 風向きも風力も変えられるから、扇風機として使えて、いい具合だよ」え、それでいいの？と言いながら以前、来客用に付けたもののあまり使ってなかった居間のエアコンも見てみると、あるある。送風機能が。試しにかけてみると、ああ、かなり使えそうないい感じ。

結局、うちは扇風機派なんだな、と笑えました。それにしても新しいエアコン、奥が深いぞ。やはり説明書は、ちゃんと見ておくべきですね。

二〇二〇年七月三十日

ホームセンター大好き

ホームセンター。その名の通り、日用雑貨や住宅設備に関わるものを販売しています。どこの店も広く浅く、同じような商品を取り揃えていると思いきや、意外と店ごとに特色があって。園芸用品の売り場が広かったり、人気キャラクターのついた自社製品が豊富だったり、ものづくりのための資材が充実していたり。取り扱うメーカーも店によって違うようなので、ここにないならあっちへ行ってみようかとホームセンターのはしごをすることもあります。

何を隠そう、わたしはホームセンターが大好き。目的のものを購入するだけならネットショッピングが手っ取り早いのですが、ホームセンターには用がなくても行きたい。店内をのんびり眺めながら歩いていくと、こんな新製品があるんだ、とか、これをあそこに置いたら便利かも、とさまざまなシチュエーションが浮かんできます。不便が解消されたり楽しみがふえたりすれば、それがささいなことでも、日々の暮らしにはかなりの効果が。モノとの出会いにワクワクし、想像も尽きることがありません。

とはいえ、実際にわたしがやるのは庭に草花を増やしたり、窓辺に棒を渡してフックを掛けたりするくらいで。思いつくことの大半は、器用でやることが早い夫についつい頼んでしまいます。

先日は、仕事で使う小さな機械をのせるための、台を作ってもらいました。ちょうどいい板を探して購入、切って、強度を考え、組み立てる。珈琲豆の袋を閉じるとき、機械に向かって身をかがめるので、首や背中が凝っていたのですが、手元の高さを少し上げただけで、とても楽になりました。毎日のことは、やはり大事だなあと再認識しつつ、もし、自分で作れたらもっとうれしいかな、とも。

ホームセンターの壁にもDo it your self.（やってみよう）と書いてあったしなあ、と思ったりして、何やらますますホームセンターと親密になれそうなわたしです。

二〇二〇年九月一日

迷走ドライブ

その日、ひとりで車に乗って出かけていました。ナビゲーションが古くて、目的地の設定はできなかったのですが、夫の横に乗って何度も行ったことがあるところだったので、大丈夫だと高をくくっていました。

ある交差点まで来たとき、わからなくなりました。行きも帰りもよく通るところなのですが、えーと、こっちから行くときは、どっちへ抜けるんだっけ？

とりあえず、直進！……したものの、道の両側には見慣れない風景が。どうしよう、と焦りだしたとき、青い案内標識が見えてきました。でも、そこに示された目的地の方向は、わたしが思っていたのと逆方向。

疑いながらも標識に従って、左折。ですが、さすがに心細くなって減速し、左に寄せて車を停めました。ふと見ると、畑で作業中の男の人が。六十代くらいの運転しそうな人。はあ、助かった。こういうときは運転しそうな人に聞かないと。

車を降りて「すみませーん」声をかけると「なんだあ、迷っちゃったのか」と笑われました。「ナビ、ないの？」ちょっと古くて、と言うとうなずいて行き先を聞き、教えてくれました。「この道でいいから、とにかくまっすぐ行って。太い道にぶつかったら、左折」お礼を言って、走り出しました。

複雑でなくて、よかった。でも、この「とにかくまっすぐ」「太い道」には気をつけないと。どれくらいまっすぐに行くのか、どれくらいを太いというのか、判断しなくてはなりません。案の定、ずいぶん走ったし、この道がそうかなと曲がったら、思いのほか細い道であわてたりもして。

無事、たどり着いたときは、マラソンでゴールしたような達成感に浸りました。ひとに道をたずねるなんてことも、久しぶりだったしなあ。

夫はナビがなかった頃から、たずねることをしません。助手席で地図を回しながら道を探すわたしが「誰かに聞こうよ」と言っても、どんどん走って深みにはまる。そして、車内の雰囲気もどんどん悪くなる。今となっては笑えますが。

二〇二〇年九月三十日

食べたいものを自分で作る

週末や夏休みなど、子供たちが休みの日に昼ごはんの準備をするのが忙しい、と夫にこぼしたことがありました。ふうん、と言ったあと返ってきたのは、「じゃあ、自分たちで作るように言えば」という提案でした。

当時、子供らは小学校の中学年ぐらい。そうか、やってやれない歳ではない。お湯をわかしてカップめんを作ることから始め、小鍋で即席めんを作り、好きな具を載せる、くらいの簡単なことを教えました。

何も困ることは起きませんでした。そもそも、えー、かあさん、作ってくれないの?と思われるほどの昼ごはんを作っていなかったので、息子も娘も好きなように食べたいものを作ったほうがいいや、と思ったのではないでしょうか。火に気をつけて、とはよく言いましたが、とくに手を貸すこともありませんでした。

子供たちがすんなり台所に立つようになったのは、気軽に料理をする父親を見ていたからかもしれません。食べることが好きで、手の込んだことはしませんが、あるものでちょっとした工夫をするのを楽しんでいます。

そんな夫は筋金入りの在宅勤務で、わたしも家や店で仕事をしていますが、やることは別。それぞれの用事も予定もあるので、昼ごはんはやはり、自分で作って食べることにしています。

短時間でちゃっと作る彼の基本食材は、好みのレトルトや冷凍食品。そこに納豆、卵、ミックスベジタブル、刻み野菜などを足して食べています。今日もわたしが外から帰ると、家の中には何やらスパイシーな香りが。

コンロの周りには料理したときの元気な油はねが残っていますが、お腹を空かせた家族が、何か作って胃袋を満たすことができたと思うと、安気になります。

十年ほど前、実家の手伝いに行って夜遅く帰ってきたときのこと。閉店間際のスーパーでいい肉を手にいれた大学生の娘が、台所で焼き肉をしながら一杯やっていたのには、大爆笑。安気を通り越して、そのたくましさに脱帽！でしたね。

二〇二〇年十月三十一日

ラーメン屋さんのミニメニュー

ほわーっと漂ってくる湯気といいにおい。寒い時期のラーメン屋さんは、入口が開いただけで幸せな気分になれますね。

父はラーメンが好きだったので、よくお供しました。激辛ラーメンに挑戦し、涙目になってひいひい言ったり、野菜ラーメンに悩んだり。

野菜ラーメンは、美味しかった。だけど思ったより多かったのです。通常のめんの量に加えて、野菜たっぷり。うれしいけれど、もう、一度にたくさんは食べられない。いや、でも作ってもらったものを残せないよね、と同じ気持ちでいたふたり。完食した後、父もわたしも、かなりお腹が膨らんでいました。

コーヒー豆のお客様にも、ラーメン好きなかたがいらっしゃいます。食べ歩きを楽しまれていて、完食はもちろん、いろんな具を足す食べ方もされるそう。そんな風に気持ちよく食べられたらいいなあと羨ましくなります。

ラーメン&餃子など、セットメニューというのもありますね。セット用にちょっと少なめの盛りになっていることもあれば、普通の盛りで並べてドン、と出てくることも。たくさん食べたい人には魅力的なメニューです。

思うに、少なめで食べたい人向けのメニューはあまりないような。頼みたいのは、わたしだけ？　いやいや、高齢化が進むと需要は増えそうだし、食品の廃棄を減らすためにも有効なのではないかな。

そう思い続けていたところ、ありました。某チェーン店に、ミニサイズメニューいろいろ。二種類食べたければそれも可能な量で、値段も手頃。本来は通常の一品に付け足したり、子供向けに設定されたりしたのかもしれませんが、とにかくうれしい。早速、複数のミニ皿を並べて、食事させてもらいました。あこがれのセットメニュー風です。

帰宅し、おりんをチーンと鳴らして、ラーメン屋さんにミニメニューあったよと父に報告。それはいい、あのときは腹いっぱいだったよな、と笑ったようでした。

二〇二〇年十一月三十日

初めての握手会

快適防寒グッズ

「寝るときの肩掛けがほしいんだけど」夫に言われたとき、え、なんで？と思いました。わたしの頭の中では、とても歳が多いおばあちゃんが寝るときに使うもの、というイメージがあったのです。

肩とふとんの間が寒い気がするんだ、風邪をひくと困るから、と聞けば納得。せわしい師走は、なるべく元気でいたいもの。買い物に出たとき、寝具売り場で探してみましたが見あたらず、インターネットで良さそうなのを買いました。

届いたそれは、襟の立った半袖付き、丈の短い上着、という感じのもの。たまたま二枚セットだったので、わたしも早速、使ってみました。柔らかい生地は軽く、確かに暖かい。毎晩、ふとんに入って眠くなるまで本を読むのが至福の時間なのですが、肩も首もこれで冷えません。

やっぱり暖かいっていいなあ、と思っていると、夫の室内ばきが目に留まりました。スリッパではなく、もこもこの短いブーツです。寝るときの肩掛けがほしいと言った彼は、もともと冷えを感じやすい人。もこもこブーツも、机で事務仕事をするときに足が冷えるから、と数年前、自分で探して買ったものです。

それを履くと足が大きく見えて、なんかテーマパークにいるキャラクターみたいだよね、とわたしは笑っていたのですが、今、見れば、うーん暖かそう。まだまだ寒さは厳しくなるだろうし、足元が暖かいのはいいだろうなあ。「それ、あったかい？」「あったかいよ」早速、買いました。

履けば、わたしの足もまた、着ぐるみのように大きく。ちょっと滑稽な感じは否めませんが、本当に中は暖かくて快適なので、はなまる！ 買ってよかった。

なんだかんだ言っても、今の防寒グッズは昔ほどもったり、厚ぼったくありません。軽いし、洗えるし、手頃な価格から品物が豊富にあります。

ありがたいと思いつつ、「寒いから、動けなくて」という言い訳もそうそう使えなくなるかな、とおそれてしまう横着者のわたしです。

二〇二一年一月三日

車で何を聴く？

教習所で学課の授業を受けていたときのこと、先生が言いました。「渋滞とか事故の情報が入ってくるから、車でラジオを聴くのはいいと思うけど。音楽を聴くのは、どうなんだろうね」やんわりと否定されています。

わたしは運転のセンスがなかったのでそれを補うべく、先生のはなしはいつもうんうん、なるほどと熱心に聞いていたのですが、このときばかりは。運転するようになったらこの曲、あの曲、かけながら走りたいと楽しみにしていたのです。

無事に免許取得後、夢を叶えました。お気に入りのカセットテープを数本、車に持ち込み、近所を走るときにも「〇〇フリーウェイ～♪」。そう、当時はカセットテープでした。それからCDで聴くようになって。

数年後、友達の車に乗せてもらって音楽を聴きながらドライブしていると、あれ、入れ替えてないのに、ちがうCDに替わってる？　数枚分を車のオーディオに覚えさせておけるのでした。信号待ちの間に、急いでCDを出したり入れたりしていたわたしには、なんと羨ましかったこと！

今では、携帯電話に入れてある曲やインターネット上の曲を、線もつながずに車内で流せます。前もって機器に登録しておくことが必要なので、それが苦手なわたしは携帯とオーディオを線でつないでいますが。それでも携帯ひとつあれば、ありとあらゆる音楽が気軽にたのしめる。時代は変わりました。

……そして、わたしも。教習所に通っていた頃は、いくつかの番組のリスナーでしかありませんでしたが、歳を経るにつれてラジオの魅力にどっぷり。邦楽やジャズ、クラシックと幅広い音楽を耳にして好きになりましたし、快適に走るための交通情報、地域のニュースの大切さもわかるようになりました。

「車に何か変わったことがあれば、音で気がつくこともある。だから、ラジオや音楽をかけるとしても、大音量にはしないように」

先生の注意も、思い出しては守っています。

二〇二一年二月二日

車に載せてあるもの

車で出かけようとしたとき、そういえばポケットティッシュの予備、あったかなと助手席前の小物入れを開けました。あれ、なんかちがう。よその人の持ち物を見たような気がして、あわてて閉めました。

そして、気がつきました。いつも使っている小物入れはもっと下にあり、今開けたところは、上にあるもう一つの小物入れだったのです。

わたしの車は、父が免許を返納したときに、譲り受けたもの。とはいえ、もう数年、乗っていたのに、気がつかなかったなあ。改めて開けてみると、お守り、わたしがあげたCD、そして冬の寒さしのぎとインフルエンザ予防にかけていたマスクの予備が入っていて、ああ、まめだったお父さんらしいと懐かしく。

乗る人の便利や快適、また何かに備えるためのいろんなものが、車の中にはあります。わたしが「これ、いつも載せてるの？」と驚かれたのは、三角停止表示板です。高速道路や自動車専用道路で停止するときには立てるように、と教習で教わって、免許取得後、即、購入。常時、載せておくものだと思っていたのです。

ある日、実家から帰宅中に、高速道路で車の調子がわるくなってしまいました。まず路肩に停めたのですが、横を通っていく車のスピード、すごいんです。こちらが止まっているせいもあるのでしょうが、追突されるのは絶対に避けたい、と縮みあがりました。電話で救援をお願いすると、三角表示板を車の後方に立てて車からは離れ、ガードレールの外の安全な場所にいるように、との指示が。

あってよかった表示板！　無事に帰れたので、それからもお守りとして車に載せてあります。とはいえ、めったに使わない、いや、使わないほうがいいのですが。

今、いちばん使うのは買い物袋ですね。車の中にはいつも数枚、置くようにしています。ところがそれで安心してしまうのか、持っておりるのをついつい忘れてしまうのです。

「あ、買い物袋、忘れてた。車にあるから取ってくるね」と仰る店のお客様に、ムクムクっと親近感がわくわたしです。

二〇二一年三月一日

「こつこつ」修行

見通しのいい道を車で走っているとき、道沿いの敷地に一軒の家と、なんだろう?と思うものがありました。犬小屋?

またそこを通ったとき、思い出してちらっと見ました。犬小屋よりは大きそうで、どうやら製作中のよう。そこの家の方が、こつこつ作業されているのかな。

「こつこつ」やるのは、なかなかできないこと。わたしは几帳面ではありませんが、やりかけで止めておくのは、なんだか落ち着かなくて。それで、何か作るにせよ、片づけものをするにせよ、とりあえず全部やってしまうのですが、たいがい途中から集中力は低下。

だんだん雑になり、やり直すこともしばしばです。

最近、ずっと欲しかったレコードプレーヤーを買いました。実家から持ってきたレコードが四十枚ほどあり、どれもジャケットを見れば懐かしく、また聴きたくなって。子供のときに親しんだ童謡から学生時代に愛聴した洋楽のレコードまであるので、きれいなのもかなり手入れが要りそうなのもあります。よし、やるぞとスプレー式のクリーナーと黒板消しのような盤面磨きも買ったのですが。

久しぶりに触ったレコードは大きく、傷もつきやすいので慎重になります。ゆっくり磨いて、そっとプレーヤーに載せる。懐かしさに浸りつつ耳をすましてレコード盤の状態を確かめ、聴き終えたら新しい収納袋にしまいます。

思ったより時間がかかる。早く全部をきれいにしたいのですが、いっぽうで、いや、ゆっくり楽しんでやらないともったいないんじゃない?という気も。しだいに、これはわたしに訪れた「こつこつ」修行の機会かもしれないと思えてきて、今は一日に一枚ずつ、丁寧にやっています。

久しぶりに通りかかると、謎の小屋は素敵な収納庫になっていました。作った方はきっと、あわてず、よく見聞きし、より良いやり方を考えたのでは……。
宮沢賢治の詩のようですが、「そういう人にわたしもなりたい」とつくづく思ったことでした。

二〇二一年三月三十一日

おひなさまの飾りかた

季節の飾りつけをするのが好きです。でも、ここ数年、ちょっとした悩みが。おひなさまや五月人形を出すのがしんどくなってしまって。年末、物の詰まった押入れの中をながめながら考えました。なんでかな。

孫のために大きいのを買いたいとはりきっていた両親に、しまう所も要るし、なるべく小さいのにしてと頼みこんだときから、はや三十年。わたしが期待したほどではありませんでしたが、人形はそれほど大きくない箱に収まっています。

やっぱり、出し入れが大変なのは、びょうぶと長台かなあ。人形とは別に、長方形の箱に入っているこれらはしっかり重く、長さもあるのが悩ましいところ。押し入れの端っこに、奥に向かって入れておけるといいのですが、箱のほうが奥行より長いので、ふすまが閉まらなくなります。押し入れの奥へしまいこむと取り出すのが大変ですし、手前に置けば他のものの出し入れがしにくくなる。あれこれ動かしたり、ふすまを外したり戻したりするのも面倒ではありました。

人形は、そもそも息子や娘に買ってもらったものなので、孫たちのためにまるっとコンパクトなものに買い替えるのも一つの手。でも、まだ、今ある人形を飾りたい気持ちがあって。これまでのように飾るのがいちばんきれいだと思うので迷いましたが、多分、今が潮時。重たいびょうぶと長台は使うのをやめて、処分することにしました。

年が明けて、買い物に出かけたとき、菜の花と桃の花が描かれた手ぬぐいを見かけて、思いつきました。びょうぶの代わりに、おひなさまの後ろに掛けよう。

探し物に入った納戸でも、見つけものがありました。店でコーヒーのたるを置いていた台が、もうせんを敷けば人形を飾るのにちょうどよさそうです。

さて、今は五月人形が、菖蒲《しょうぶ》の手ぬぐいを背に、玄関できりりと座っています。お飾りするのも収めるのも、手早くできるようになりました。これからも子供たちを見守ってくださいね、とかしわ餅を供えました。

二〇二一年五月二日

何かあったらここへ

食器洗い機が、ピッピッと音を出して止まるようになりました。毎日、頼りにしているので、早くみてもらわなくては。前に来てもらったときの修理伝票を探して、営業所に電話をかけました。「お掛けになった電話番号はただいま使われておりません」あわててインターネットで調べると、ご相談はカスタマーサービスへ、とのこと。うーん、と思いつつ、画面に表示された番号に電話をします。

「コチラハ カスタマー サービス デス」やはり機械的な受付でした。「オカケニナッタ デンワハ、サービス　コウジョウノ タメ、ロクオン　サセテ　イタダキマス」行儀のわるいことをするつもりはないのに、こう聞くとなぜか緊張します。

この後、自動受付の音声にしたがって、自分が希望するサービスについてあてはまる番号を選び、電話の数字で押していくのですが、これがまた苦手で。

たとえば今回の場合なら、食器洗い機について相談したいのですが、「1・テレビ、2・冷蔵庫、3・洗濯機、4・システムキッチン、5・その他」という選択肢が音声で流れると、あれ、４かな、それとも5かなと迷います。一応、流しの横にはめこまれているので、４なのか。でもシステムキッチンというほど立派な造りではないから、５のその他になるのか。……待てよ。何か、聞き逃しているかもしれないから、もう一度選択肢を聞いてみようか。

悩みつつ回答して進んでいくと、担当者が電話に出てくれる段階まできます。考えてみれば、最後にはヒトと話ができるのだから、番号の選択が多少ちがっても問題はないのかも。というか、初めからヒトのほうが、安気には違いない。

あきらめきれず、修理に来てくれた方に、営業所に直接電話できないか尋ねてみました。「中央管理システムになったので、できないんです。インターネットでの受付も簡単ですよ」でも、それには事前の情報登録や、パスワード等が必要で。恥ずかしながら、できれば避けて通りたい……。

ああ。「また何かあったら、ここに電話してくださいね」と連絡先を教えてもらった頃が、つくづく懐かしいわたしです。

二〇二一年六月一日

供養の気持ち

数年前のはなしです。父の葬儀のあと、ぽっかり穴のあいた心で供養のことを考えていました。写真立てに入れた遺影と骨壺は、居間に置いてありました。

わたしより先に親を見送ったいとこが「まだね、そこらへんに居る気がするんだよ」と言っていたのを思い出します。ほんとにそう。

お仏壇もやっぱり要るかな、とは思いましたが、それを目にするたびに父がいなくなってしまったことを思い知るのでは……と弱気になります。

心がおちつかないまま、供養のことを考えるのもよくない気がして、とりあえず、居てもらう場所をつくることにしました。息子が使っていた本棚が小さくてちょうどよさそうだったので、居間に運びこみ、父が好きだったテレビの横に。その上でお線香をたいて、上段と中段に遺影とお花を、下の段に骨壺を収めました。

そんな話を友だちにしたところ、彼女は「ちょっと、ちょっと。大丈夫?」と様子を見にきてくれました。息子の本棚、と聞いて、子供がよくやるようにシールをぺたぺた貼った、使いこんだカラーボックスを想像したそうで。

「思ったよりきれいで安心した」と笑いながら帰っていった彼女が、しばらくして花かごを手に、「お供えしてね」と再び訪れてくれたのには泣けました。

みんな、どんな供養をしているんだろう。同じ頃、お母さんを見送った友だちは、仏壇を持たず、祈りの気持ちを表した造形物を置いているのだそう。でも、お寺さんにお経をあげに来てもらったとき、「これは何ですか」と聞かれたよ、とその写真も見せてくれました。わたしも、そういうものがあるとは知りませんでしたが、祈りがこもった像はすっとして美しく、供養の気持ちも感じられるものでした。

父とは、亡くなったあとのことや供養について、話したことがありませんでした。お茶目で明るいひとでしたが、古風なところもあったので、縁起でもないと思っていたかもしれません。元気なときに、何かひとことでも聞いておけばよかった。そうすれば父の意に沿うような供養ができるのに。

思い出したのは、実家にあった小さな仏壇の前で、手を合わせる父の姿でした。朝食が済むと神棚の水を替え、仏壇にお線香をあげる。神さまと仏さまを一緒に、かなり略式な供養だったかもしれませんが、それは父の日課になっていました。

わたしはと言えば、何か厚い信仰をもっている訳ではないし、供養の多様化でこういうこともああいうこともある、と聞けば、広がる選択肢を前に、右往左往。……だめだ。あわてずに考えたほうがいい、とさらに先延ばしにして数か月。

やはり仏壇を置いて供養をしよう、という気持ちになりました。せっかくなら来るひと、みんなに親しまれるような場所にしたい。

引き続き、居間のテレビの横に、それより若干低めの仏壇を置きました。やってきた孫たちは、なむなむと手を合わせ、遊び始め、気がつくとおりんの横にミニカーが並んでいたりします。年長の孫が「来て」と呼ぶのでのぞくと、仏壇の中そこかしこに、怪獣の指人形がすわっていたことも。娘いわく、「カイミョウ（戒名）の上にいるのはカイリュウ（海竜）だよ」あらら。

実はわたし、小さいとき、親戚の家の大きくて立派な仏壇が、こわかった。近寄れないし、その部屋には入れませんでした。だから孫たちの行いも、親愛の情がつよいのだと解釈し、とりあえずは大目にみることに。

おはようございます、と扉を開けて、おやすみなさいと閉めるまで、今ではわたしも仏壇の前でお願いしたり、愚痴ったりする毎日。父も仏さまものんびりはしていられないことでしょう。

二〇二一年六月三十日

取扱説明書の取り扱い

うわっ、まゆ毛のまんなかが妙に薄くなってる！　整えようとしたのに。肌にやさしいと聞いて、電池式の顔そりを使い始めた日のことです。用途別に数本、付け刃が入っているのですが、これかなと適当に付けた刃は、頬などの広い部分を剃るためのものでした。まゆ毛用よりも少し刃が長かったのと、不器用なわたしが手を滑らせた不運が重なり、情けない事態を招きました。

説明書を見ておけばよかった。数日前にも、そう反省したばかりでした。

居間のエアコンには自動そうじ機能がついているため、わたしがお手入れするのは難しいかと、プロのかたにクリーニングをお願いしたのです。ところが、「おそうじ機能がはたらいていませんでしたよ」「え？」説明書を見ないで使い始めたので、ボタンを押して機能を有効にする設定をしていなかったのです。

以前は、家電や住宅設備についている取扱説明書がファイルにまとめてありました。ところがどんどん増えるし、冊子が結構厚かったりして、気づくとファイルは、パンパンに。重いし、見たいものを探すのも面倒で、結局、しまってあるだけになってしまいました。もっと気軽に見られるように、今は説明書をその物の近くに置いてあるのですが。思うに、自分は通りいっぺんのことしかやらないから、何も見なくても、なんとなくわかるだろうと高をくくっているのです。

後日、図書館で「スッキリ暮らす」というテーマの雑誌をながめていたら、説明書は持たない、という人がいて思わず目が留まりました。何か困っても、インターネットで尋ねれば的確な答えが得られるし、今や、説明の冊子は付いておらず、詳しくはネットで、という品物も少なくないとか。うーん、なるほど。

でも、そこまでは思いきれない。手元に何もないとやっぱり不安だし……って、「あなた、あっても見ないでしょ!」うじうじしている自分にツッコミをいれてしまうわたしです。

二〇二一年八月三十一日

頭のなかを遊ばせるために

ラジオから流れるやさしい歌声。誰かなと思いつつ聴いていると、意外にも以前、朝の連続テレビドラマに出ていた俳優さんでした。

わたしのラジオは番組録音できるタイプで、その歌声も録音していました。これは難しいぞ、と思いつつ、歌の部分を流して夫に尋ねます。

「歌ってるのは、誰でしょうか。よく知ってる俳優さんだよ」

彼はちょっと考えて、答えました。

「八《はち》さんかな」

「……なんでわかった？」

こんなに簡単に当たってしまうとは。八さんというのは役名ですが、朝食を食べながらそのドラマを観ていたとき、夫はふと、この俳優さんはどういう人なんだろうと、ネットの情報を見たことがあったのだそうで。

「確か、歌手活動のことも書いてあったなと思って」

若かりし頃、いや、今でも若干そうですが、夫は四六時中、仕事のことを考えているようでした。そして、いつ何時でもわたしに話を振ってくる。
それがいいとかわるいとかいう訳ではなく、何か、単純に違和感があって。サラリーマンだった父が母を相手に、仕事の相談をするところは見たことがありませんでしたし、自営業者である夫は、常に自ら仕事を作っていかなければならないのだとしても、もう少し頭のなかを遊ばせたほうがいいんじゃないかな、と。

何か面白いこと、驚いたことがあったら、わたしはそれを話のネタにするようになりました。年月を経て、もはや習慣化しているようです。こう言えばこう返ってくるだろうとある程度、予測もできますが、まれに「へえ」というひとことではなしが終わってしまうこともあり、そんなときは地味に敗北感を味わいます。

昨夜、見るとはなしにテレビをつけていたら、始まったのはコンクールに出場する若きピアニストたちと、それを支える調律師を追ったドキュメンタリー。知らなかったことが多く、眠気もふっとぶ面白さでした。翌朝、さっそく「自信をもってお送りする最新ネタ」として夫に披露したのは言うまでもありません。

二〇二一年九月二十八日

世界的なピアニストのリサイタル

晩ごはんを食べた後、犬たちと一緒にパーソナルチェアーに座り、テレビの前でうつらうつらするのはわたしの極楽タイム。ある晩、ピアノの音に目を覚ますと、男性ピアニストがやさしく、そして力強く演奏をしています。うーん、端正にして華麗。この人、誰だろうと思ったとき、画面に彼の名前が。あわててカタカナで表記された名前を読み取り、スマートフォンのメモ帳に書き込みます。

数日後、新聞をながめていたら右の端、縦に連なって演奏会の広告が出ていました。上から見ていくと、あれ、この名前は先日の……。

彼は神童と呼ばれるほど幼少期から名をはせた、世界的なピアニストでした。そして今回のリサイタルは、名古屋では十年ぶりとのこと。これは行きたい。開催日はいつ?と確かめて、がっくり。日曜日で仕事をする日です。

仕方ない。念じよう。どうぞまた、縁がありますように。

子供の頃は、大人になれば何でもできると思っていました。確かに自由はある。でも仕事や家族のケア、その他もろもろの責任をもつことと、かぶらないようにやる必要もある。

若かりし頃はそれがうまくいかないと、なんだダメかあ、といじけてあきらめていました。ところが歳がふえるにつれ楽天的になり、細々とでも思い続けていればそのうち叶う、とやりたいことをためておけるように。

実のところ、これがあなどれない。頭のすみっこにでもアンテナを立てておくと、やりたいことに関する情報がしぜんと目に入ってくるようになります。自分をとりまく状況も徐々に変わるので、もう、いけるかもと手を伸ばして、届いたときはうれしいですね。

おとといはミュージカル、昨年は歌舞伎観劇と、長らく願っていたことがふたつ、叶いました。ピアノのリサイタルも、そのうちに。

名残惜しく広告をながめていて、気がつきました。さすが世界的ピアニスト。その日のために、お小遣いもしっかり貯めておかないと。

二〇二一年十月三十一日

ありがたいふとんカバー

ここのところ毛布と薄掛けふとんで寝られるくらいだったのですが、急に寒くなると聞いて、冬のふとんに替えることにしました。ふとんにカバーを掛けるかどうかは好みだと思いますが、そのまま使っていたら、たまに羽毛が出てくるようで。ふとんをすっぽり入れる、袋のようなカバーを使うようになりました。

内側の四隅にはひもが付いています。そしてふとんの四隅にもそれを結びつけられるよう、ちいさなループ（輪）が縫い付けられています。カバーのファスナーを開けてふとんを平らに入れ、それぞれのひもとループを結びつければカバーとふとんは一体化する……はずなのですが。

うっかり者のわたしは、ちがうところに結びつけてしまったり、いちばん問題なのは、結ぶのがへたなこと。しっかり結べないので、数日後にはひもがほどけて、カバーの中でふとんがだんごになります。ああ、どこがとれたかな、とカバーにもぐって結ぶ、またほどける。またまた結ぶ、またまたほどける。

そんな感じで使い続けてきましたが、最近カバーがくたびれてきて。買い替えようか、いや、もうやめようかと迷いつつネットを見てみると。

新製品にはひもの代わりに、細長い布地が縫い込まれていました。両端に凹凸のスナップボタンがついています。そうか、ふとんのループにそれをくるっと通してパチン！と留めるだけ。結ばなくていいし、外れることもないでしょう。

先日、トースターも具合がわるくなって買い替えました。遠赤外線でふっくら焼けるとすすめられたそれは、なるほど、パンをおいしく焼いてくれる。新しいものはよくできている、考えた人はたいしたもんだと思いました。

でも、ふとんカバーのひもをスナップボタンにしてくれた人には、なんというか、もっとベタに感謝したい。その両手をにぎって「ありがとう、あなたのおかげでらくになりました」と。日々の困りごとは、ちょっとよくなるだけで結果、大助かり！　ふとんとカバーはすっかり仲良くなって、今夜も安泰です。

二〇二一年十一月三十日

初めての握手会

二年ほど前でしょうか。テレビでその人たちは歌っていました。男女それぞれ七人ほどで、古きよき日本のうたから洋楽まで幅広いレパートリーがあるよう。いい声に魅了されて番組を観はじめ、あるときコンサートに行く機会を得ました。

会場に着くとすでににぎわっており、ロビーの一角には何やら人だかりも。背伸びして見ると、ＣＤやカレンダー、メンバーを紹介した本などを売っています。あれ、何だろう？

「○○、□□、お買い上げで握手会参加券付き」

握手会、という言葉がピンと来ないままわたしは入場し、夫と席に座りました。改めて考えます。握手会って、アイドルと若いファンがよくやってる、あれだよね。このざらざらの手で握手、もないか……。でも、どんな感じなんだろう。もっと、おしゃれして来ればよかった？……うーん。

メンバー全員、どの人のファンでもあるのですが、今一番の〝推し〟はメガネを掛けた男性の歌い手さん。そのメガネさんと握手できる、と想像してみます。

メガネさんの前に、小さいおばさん（わたし）が現れる。そして握手しようと手を出す。もしかしてそのとき、ひとことぐらい何か伝えられる？　じかに！　ああ、それは握手会の一番の魅力かも。次の瞬間、夫に言っていました。

「わたし何か買って、握手してもらう！」

最後の曲を歌い終えると、驚いたことにメンバーはそのまま舞台から降りて客席を通り、ロビーに並びました。全員で順番に握手に応じてくれるという大盤振るまいの展開に皆、喜んで列を作り始めます。わたしもあわてて加わりながら見ると、わわっ、メガネさんが先頭に。完全に舞い上がってしまいました。何て言おう。

「め、めっちゃファンです。が、がんばってください」

この年末、コロナ禍での中止や延期を経て、久しぶりにまたコンサートがありました。さすがに握手会はありませんでしたが、びっくり箱がぱっと開いたようなあの日のことがよみがえり、思い出し笑い。またいつか、と期待するのでした。

二〇二二年一月五日

チョコレートへの変わらぬ愛

新聞のチラシでデパートのバレンタインフェアが始まったことを知りました。わたしも中高生の頃は、果敢に参戦していました。お目当ての男子に、どのタイミングでチョコを渡そうか、それが一番の問題でした。だからでしょうか。どんなチョコレートを買ったのか、不思議なほど覚えていません。

小さい頃から、チョコレートが大好きでした。日曜日、パチンコに行く父にお供して、帰りに景品交換してもらうのがたのしみで。クリーム色や、真っ赤な紙に包まれた板チョコは、今のものより小振りでしたが、厚さはもっとありました。早く食べたいのに、かじりつくのも手で割るのも大変でした。

さて、チラシを見れば、チョコレートが輝いています。赤やみどり、オレンジと色とりどりで、それを引き立てる箱や缶にも、美しい模様や可愛い絵が施されていて。素敵で思わず手に入れたくなるのでしょう。自分のために購入する女性も多いようです。バレンタインフェアをやっているデパートに、たまたま立ち寄ったことがあるのですが、いや、すごい熱気で。早々に退散しました。

人気の売り場に出かけていって買いもとめるのは、やはり大変。でも、おいしいの、珍しいのも食べてみたい！　そこでたどり着いたのが〝棚からぼたもち〟ならぬ、〝棚からチョコレート〟作戦です。

この時期、義理チョコといえど、素敵なものを頂いてくる夫のコーヒータイムに、わたしも休憩時間を合わせます。キャラメル味、フルーツ入り、大人なブラック。箱の中にきれいに並んだチョコレートを見て、（今日はこれ！）と心の内で決めます。そして間髪を入れずに言うのです。「いっこ、ちょうだい」

控えめに一日、一個というのがポイントかと。それに好きなものは、あまりたくさん食べないほうがおいしく味わえるのでは……という気もして。

誰かを想ったときめきは、どこへやら。なんだかんだと言いながら、チョコレートへの変わらぬ愛だけが確かめられたバレンタインです。

お気に入りのスニーカー

二〇二三年二月一日

これ、いいな！と思った靴が足にぴったりだったら、どんなにうれしいでしょう。わたしの足は、甲高で幅広。若かりし頃は、お手頃な可愛い靴を、ちょっときついかな、と思いつつ履いていました。ある日、親指が内側に曲がっているのに気がついて、これはまずい、と。当時も締め付けない靴というのはありましたが数少なく高価でしたし、若い子が履くには地味でした。どうしたら靴とうまく付き合っていけるんだろう。

革靴を履きたいと思ったとき、ストレッチャーという木型を靴に差し込んで、きつい部分を伸ばしてみました。でも、やり方がわるかったのか、あまり伸びません。ひも靴ならいいかも、と足幅にあわせてくつを選び、ひもを結べば、痛くはない。ところが前後にすき間ができて、歩くとカポカポいいます。かかとやつま先の部分にクッションシールを貼ったり、中敷きを入れてみたり。いろんな工夫をして履き始めるのですが、いい感じになることはまれで。それでも長年、懲りずにチャレンジしてきたのは、履きたいと思う靴があったからでした。

いきなり、ですが、もう、いいやと思いました。ここ数年、元来の横着さに磨きがかかっているのは自覚していましたが、靴に関しても、もう、いい、と。

さて、これからどうしようと思ったとき、頭に浮かんだのは、お気に入りのスニーカーでした。ひとくちにスニーカーと言っても、メーカーによって幅や長さが微妙に違ったりするのですが、とあるメーカーのならば、わたしの足でも大丈夫。この〝大丈夫〟ななかですべてを済ませればいいのです。

「えー、そんな悲しいこと言わないでよ」とおしゃれな娘。いや、実のところ、そうでもなく。昨今のスニーカーはスポーティーなだけでなく、黒革の無地、きれいな模様のついた生地と、素材や色もいろいろ。選び方しだいで、お出かけにも冠婚葬祭にも、問題なく使えます。それに、何より足に無理がなく、歩くことが苦にならないのがうれしくて。

そういえば、昔はズックって言いましたね。内側も今みたいにはふんわりしていなくて、硬かったなあ。足裏の感覚も懐かしく思い出したわたしです。

二〇二二年三月一日

鎖といの家

散歩をしていると、いろんなものを目にします。よく通る道には〝鎖《くさり》とい〟がついている家もあって。屋根から流れてくる雨水が、玄関の軒下に下がっている金属の鎖をつたって降りてくるのです。子供の頃、そのチョロチョロ降りてくる様子を見るのが好きでした。たぶん今の子も面白がるのではと思うのですが、筒状の〝雨とい〟に取って代わられたのか、あまり見かけなくなりました。

古いものは、まず懐かしくてうれしくなります。それから、ちょっと装飾的なところにも心ひかれます。模様の入ったすりガラスや、細工の入った木製の障子枠《わく》。画一的でシンプルなデザインを見慣れた目には、温かみがあっていいと、今また注目されているようです。

最近、窓をひとつ直しました。ガラスだけ取り替えてもらおうと思っていましたが、サッシの枠も若干、ゆがんでいたらしく。我が家で最も日当たりがきつい部屋なので、できれば遮熱もしたい。

で、どうなったかというと、もともとあった窓枠に、ガラス付きの新しい窓枠がはめ込まれたのです。簡単な工事で希望通り、遮熱もしっかり。そして新しい窓枠は、前からそこにあったように部屋になじんでいます。よく見ると、木目のようなしま模様が入っていて、もとの窓枠と見分けがつかないほど。

新しいものは皆、ピカピカでつるつるしていると思っていた自分が恥ずかしい。興味がわいて調べてみるとほかにも、見た目は木製で実はアルミの障子枠、それに貼るUVカットで破れにくいプラスチックの障子紙……。今の暮らしに求められる機能を備えながら、長く親しまれてきた形を保っています。

心安らぐ懐かしいものと暮らしたいけれど、今では高価かも、古いものはそれなりに手入れも要るだろうし、と思っていました。でも〝それらしい〟ものを選んで、近づくことはできそうです。

一方で、形だけまねても、という意見もあって。わたしが好きな〝鎖とい〟、現在はプラスチック製で流通しているそうですが、やはり昔のような金属製がいいと注文される方も少なくないらしい。……と聞けば、やっぱり金属かな。

あれこれ考えるのが実は一番のおたのしみ。頭の中に家が何軒も建ってしまいそうです。

二〇二二年三月三十一日

楽器は弾いてなんぼ

休みで部屋のかたづけをしていた夫が機嫌よく言います。

「やっとギターの置き場ができた」

基本、仕事部屋である彼の部屋は物でいっぱい。好きなギターも黒いハードケースに入れたまま床に置いてありました。作業机を動かすにも、ふすまを開け閉めするにも、まずそれをどけないと。近頃ではそのケースの上が〝とりあえず〟の物置き場と化していて、弾くどころかギターを取り出すこともできませんでした。スチール棚にあった不用品を処分したら、めでたくそこへギターケースが収まったようです。


わたしも、ピアノを置きっぱなしにしていた時期がありました。子供のときに習っていたピアノ。なまけてばかりいたのに、聞き慣れたその音はやっぱりいいものです。大人になってからまた弾いてみたくなり、子供たちが小学生だった頃、小遣いをためて電子ピアノを買いました。でも、時期尚早だったようでピアノの前に座る時間はなかなかできませんでした。物は生かしてなんぼ。特に楽器は、と思っていたのに。

ピアノのことを忘れたわけじゃない。だから〝置きっぱなし〟ではなく、〝置いてある〟ピアノだよね、としょうもないことを考えつつ、あっと言う間の数十年。

思いついたのは二年ほど前、孫の音楽レッスンについて行ったときでした。

……わたしもレッスンに通ったらいいかもしれない。

子供のときはなまけていたけれど、今や、かなりの大人。先生に見てもらってアドバイスを頂くのだから、あまり情けない状態では伺えない。と、なればきっと、五分でも十分でも、毎日ピアノに触ることになるはず。

その通りでした。もう音符も記号もずいぶん忘れていて、そう簡単に思うようには弾けませんが、その分やりがいがあって。昔、いい生徒でなかった分、今になって、こういうことだったのねと気づくことも多く、質問したいことも山ほど。わかりやすく教えてくださる先生に出会えたのもラッキーでした。突然、ひんぱんに弾かれるようになったピアノも、驚いているに違いありません。

ギターが弾きやすくなって喜んでいる夫は、独学ができる人です。ネットや本で奏法のポイントや譜面を見て、器用に試せるのがうらやましい。せわしさに追われて、部屋でまたギターが埋もれてしまわなければ大丈夫、だと思うのですが……。

二〇二二年五月一日

ピンクの傘と赤いオーバー

店を閉めるとき、傘立てに一本、傘が残っているのに気がつきました。どなたか、忘れていかれたようです。店内の目につきそうな所に置いておきましたが、お声は掛かりません。そのうち、出しっぱなしにしておくのもどうかと思えて「傘をお預かりしています」と柱に貼り紙をし、傘はしまいました。

翌日、気がつくとピンク色の傘の絵が描き足されています。このほうが目につくんじゃない、と店長の工夫でした。確かに。早く取りにみえるといいけれど。

三歳くらいのとき、電車のなかにコートを、いや、当時はオーバーと言いましたが、忘れたことがありました。冬場で、暖房のかかった車内は暑く、脱いだオーバーを座席に置いたまま降りてしまったのです。外に出たら寒くなって、あっ、と気がつきました。母が、あわてて駅員さんのところにとんでいって、乗っていた電車の中も見てもらったのですが、残念ながらみつかりませんでした。わたしは、気に入っていた赤いオーバーがなくなって、がっくり。

でも、忘れた！とすぐ気がついたから、探すことができたのです。傘の場合、次に使おうとしたときに、はじめて「あれ、ない？」と気づくのかもしれません。それから「どこに？」と思い返しても、もうずいぶん前のこと。果たして珈琲豆屋までたどり着いてくれるでしょうか。

目に入る頻度はこっちのほうが高いよね、と「お預かりしています」の貼り紙をレジ前に移しました。たまには実物も出しておいたほうがいいかな、とピンク色の傘も、レジ横に出したりひっこめたり。お客様に「傘、まだ取りにみえないんですね。気になりますね」と言っていただいたこともありました。

もう、だめかなと思い始めた頃です。

「これ、わたしのかもしれません。見ていいですか」

その方は、レジ横に掛けてあった傘をゆっくり開いて確かめ、にっこりしてくれました。

ああ、よかった。

いつも普通にある、と思っていたものがなくなると、自分の中に穴があいた気がします。

穴の大きさはその時々でいろいろですが、小さい穴でも結構、スースーするのです。
ピンク色の傘を無事に見送り、ほっとして。頭のすみっこでまた赤いオーバーを思い出したわたしです。

二〇二二年五月二十九日

旅のおまけ

夫と旅行に出かけた帰り道、公園のようなお菓子屋さんに立ち寄りました。広い敷地は緑でいっぱい。話題のお店だそうで、平日、早めの時間でしたが、駐車場には結構、車がとまっています。……あ、あの車は。

テレビのコマーシャルで見て、シュッとした形がカッコいいなと思っていました。でも普段、見かけることはまれで。店のほうへ歩きつつ、近くに寄ります。きれいな車！　本物はまた、いちだんと格好いい。

あまり張りついていてもいけないので、やっぱいいねえ、などと言いつつ、立ち去ろうとしたときです。買い物袋を下げた男性が戻ってきました。

「何者？」と不安に思われるのはよくないので、とにかく会釈。

「格好いいなと思って見せて頂いてました。本物を見たことがなくて」

難しいことはわかりませんが、わたしは車が好きです。色とか、形とか、素敵だと思うのを見かけると、昭和男子で車が大好きな夫と盛り上がります。

普段、目にすることが多いのは、やはり地元企業や関連会社が作っている車ですが、遠出した先や旅先では、珍しい車や見たことのない車に出会えてうれしい。それも遠くから来た車だったり、そこに住む人の車だったりいろいろですが、オーナーさんと話す機会があれば、さらにラッキーです。

わたしがごあいさつしたところ、格好いい車のオーナーさん、ちょっと笑ってくれました。お連れの女性も戻ってきて、買い物を車に載せています。何か、聞きたい。憧れの車ですから。……聞いてみようか。

「車、どうですか」

一瞬、間があってから答えてくれました。

「静か、ですよ」

「そうなんですね、ありがとうございます」

心置きなくその場を離れ、お店に。お腹も空いたので、どら焼きを買ってみようかと並んでいると「粒あんと白あん、どっちがおいしいと思います?」後ろにいた方に声を掛けられました。わたしは夫と半分こして両方味見したかったので、「両方、買ってみます」と答えると、「まあ、かしこい!」

それは、ちょっとほめすぎでは?と思いつつ、いやー、ほめてもらったの、久しぶりかも。旅のおまけのようにいいことがふたつもあって、こういうの、わりといつまでも忘れないんだよねえ、と機嫌よく帰途についたわたしです。

二〇二二年六月三十日

娘のスイミング

息子が二歳のとき、スイミングスクールに通い始めました。なんでもお兄ちゃんと同じようにやるものだと思っていた娘も、時期がくると、スイミングを習い始めました。

そんな二人を連れて、まちのプールに出かけたときのことです。後ろを泳いでついて来る娘を確認しようと振り返ると、

(あれ? いない?)

その瞬間、後ろにいた男の人が水中からザバッ!と、何かをすくい上げました。水の

上に現れたのは、娘。

「危なかったですね」と爽やかに笑って去っていく男の人に、うちの子、泳いでいたんですよとは言えません。

「ありがとうございました」と頭を下げてから娘を見ると、目が三角になっています。わかってる。おまえは溺れてなかったんだよね。「怒っちゃだめだよ。親切に助けてくれたんだから」

そして後日。娘は別の男の人に、もう一度〝救い〟上げられたのでした。

体が小さかったからか、泳ぎが拙かったからか。暑くて泳ぎたい気分になると、親切な人たちと娘の膨れっ面が蘇り、思い出し笑いをしてしまうわたしです。

二〇二二年七月二十一日

晩ごはんのメニュー

「今晩、何にするか決めた?」晩ごはんのメニューは、お客様との話題になることも、しばしばです。でも、その方は昼間のうちから、どうしようかと考えていらっしゃる。わたしはのんびりしていて、毎晩、あわてるはめに。そのくせ、栄養はバランスよく摂りたいとか、簡単に作っておいしく頂きたいとか、ごちょごちょ考えます。何を食べるか決めるのは、結構たいへん……と、わたしがしょっちゅう言っていたのでしょう。ある日、夫に言われました。「ぎょうざとピザと焼きそば、毎週の固定メニューにすれば」

確かに、よく食べていました。ぎょうざ、ピザの日は出来合いのものを焼く。焼きそばの日は野菜と肉を切っておいて、炒めるのは手際のいい夫におまかせ。らくちんなこれらを毎週食べるとすれば、残りはあと四日。

まだ、ありました。卓上なべで一年中やっている鍋料理。これも加えれば、晩ごはんを考えるのはあと三日。かなり楽になります。

歳とともに知恵と経験が増え、何事もそつなくこなせるようになると思っていましたが、大まちがい。ぱっとメニューを思いつき、すいすい料理ができるようにはなりませんし、今から向上心や探求心がムクムクわいてくる……こともなさそう。でも、毎週、同じメニューのくり返しだと、さすがに飽きるのでは。

と、思いつつ、またピザにした日のこと。基本のチーズピザに、冷蔵庫にあったものを載せ、具だくさんにするのが楽しみなのですが、そのとき、使えそうだったのはネギとにらだけ。まあ、いいかとざくざく切って載せ、焼いてみると……ん？　いい匂い。見つけたしらすも振りかけたら、最強の和風ピザに。

目先を変えれば美味しく食べられる！とうれしくなったわたしは、週四日定番メニュー制も早速、採用することにしました。助かっています。今夜はこれ、と決まっているので、あとは手持ちの具材を使って、どうちがう感じを出すか考えればいいのです。

焼きそば担当の夫は、スーパーの冷ケースの前で、袋に明記された麺の太さやこだわりの調味料を見ては、熱心に品定めをします。わたしが今、好きなのはオイスターソース味の細めん焼きそば。牡蛎の風味が魅力で、昔はなかったのでは。新しい味と出会い、定番やきそばメニューにも希望の光を感じたわたしです。

二〇二二年八月三十一日

いろんな夢

本屋さんで、ふと見つけた夢占いの本を買ったのは、中学生のときでした。本来ならば、みた夢を分析して、これからのことを占う本なのですが、当時のわたしは恋に恋するお年頃。（なになに、両想いになるには、こんな夢を見たらいいのかあ……）。良い結果の書いてあるページを先に読んで、そんな夢が見られるように願っていました。
残念ながら、そう簡単に希望通りの夢は見られませんが、振り返ってみれば、結構いろんな夢を見るもの。そして、それはその時々の暮らしとゆるくつながっているようです。

近頃、夫は実話をもとにした映画をよく観ます。それも、わたしに言わせれば、暗くて深刻で、陰謀が渦巻いているような。真実かもしれませんが、そういうのばっかり観て、身体によくないよ、と言うのです。なぜなら、夜中に「うわあ」と叫ばれて、ぐっすり就寝派のわたしもビックリすること数回。あわててゆすり起こすと、寝ぼけまなこで「ああ、こわかった……。悪の組織が追ってきて……ムニャムニャ……」昼間の影響を感じないではいられません。

横で寝ている犬も寝言を言います。クーン、クーンと鳴くので、トイレに行きたいのかと顔をのぞきこむと、寝ている。そして、ウォン、ウォン、と何かしゃべっているようにつぶやく。愛犬といえども、どんな夢を見ているのかわかりませんが、怖がっている感じではないので、そのままに。わたしがよくエサをやり忘れるので、夢の中でも催促しているのかなと反省しています。

最近、父が飼っていたトイプードルの夢を見ました。そろそろ毛をカットしなければと父が予約をしたお店は、すごく遠くで。連れていくのが大変だからもっと近くで探すね、と夢の中のわたしは一生懸命、世話を焼いていました。

以前は親御さんを亡くされた方が「もっと、いろいろしてあげればよかった」と言うのを聞くと、一生懸命されていたから十分だったのでは、と思っていました。でも、いざ自分が同じ立場になると、やっぱり、もっと何かできたかも、と悔いが残っていて。夢でも手伝いができたのはうれしかったです。

朝晩の気温が下がって、気持ちよく眠れる季節になりました。夫にもいい夢を見てもらうべく、もう少し安気な映画をさりげなく勧めてみようと思います。

二〇二二年九月二十二日

進化する灯り

とにかく茶の間のオレンジ色の電球は、まぶしかった。昭和四十年頃、三歳のわたしは小さな家に住んでいて、一日のほとんどを茶の間で過ごしていました。座卓でごはんを食べて、かたづけてテレビを観て、そこに布団を敷いて寝る。家族で過ごす時間だけはたっぷりあって、そんな生活をオレンジ色の電球がいつも煌々と照らしていました。

学校に上がった年の秋、近くに引っ越しました。木の香りがする、父、念願の新築の家で、わたしは思いました。「まぶしくないなあ」家中の灯りが、蛍光灯の白い灯りだったのです。それでも畳の部屋では、まだ和風の四角い傘をかぶってつり下がっていましたが、板張りの部屋にいたっては、プラスチックのカバーに覆われて天井にくっついています。なんだか、オシャレ。

いちばん好きだったのは応接間の灯りでした。円形の蛍光管四つが、それぞれ四角い覆いに入って寄せ集められ、天井の中央に。下から見るとまるで花が咲いているように見えるのです。暮らしは鮮やかに、新しくなりました。


でもその頃から今までは、あまり変わってないんじゃない？と最近、夫と話しました。いや、忘れているのかも。ちょっとしたことはあった気がします。

そう、そう。二十数年前、今の家に越してきたとき、寝室で見つけたのは見慣れないリモコン。ずいぶん小ぶりなそれは、天井の灯りを調節するためのものでした。それまでは、灯りを消すためのひもに別のひもを足して、長くしてあったのです。布団のうえでゴロゴロした後、もう寝るよー、と言いながらそのひもを引っぱって、一日が終わる。ピッ！で済むようになって楽になりましたが、しばらくは何か忘れているような気がしたものです。

数年前、玄関をなおしたら、天井にコンセントのようなものを付けてくれました。手頃な灯りを買ってきて、差し込むだけで使えるのだそう。早速、ホームセンターで買ってきて試したところ、コンパクトでも明るさは十分。価格も昔に比べるとずいぶん安くなっています。技術は、絶え間なく進化しているのですね。

飼い犬の視力が、突然、低下しました。テレビもよく観たし、散歩中、遠くによその犬を見つけてほえるほどいい目だったのに。青い光は感じられるらしいので、夜、寝るときの心細さが減るように、青い常夜灯もできないかな、と思ったりしています。

二〇二二年十月二十六日

心に残るお客さま

「あのさ、ちょっとしゃべってもいい?」豆をお挽きして、袋を閉じている間のはなしです。いつもにこやかなお客様ですが、その日はまた一段とうれしそうでした。

「息子がね、彼女を連れてきたんだよ。なんか、そういうことは、もうないかと思っていたんでね」

「そうでしたか、それは、それは」

「聞いていい？」とお尋ねになったこともありました。

「はい、なんでしょう」

「結婚記念日なんだけど、何をしたら奥さん、喜ぶかな」

「奥様の好みがわかってらしたら、身に着ける素敵なものはどうでしょう。あとは……美味しいものを食べに行くのはうれしいと思います」

「そうだね、考えてみる。ありがとう」こんなやりとりが、心に残っていました。


ふと、気づきます。そういえば、あの方、近頃お顔を見てないなあ、と。そんなときは、思うより長い時間が経過しています。

どうされているかしら。嗜好が変わって珈琲を飲まなくなったのかもしれないし、何かあって飲むのを控えているのかも。もちろん珈琲豆屋はうちだけではないので、もっと口に合う珈琲が見つかったのかもしれない。いずれにしても、お元気で過ごされていれば。

出先で「さかいさん」と呼ばれて振り向くと、あのお客様の奥様でした。いかがお過ごしです？と尋ねようとしたとき、「実は……」ご主人の逝去を知りました。

今までにも、いくつかのお別れはありました。会計のレジが混雑しても、穏やかに待ってくださった方、こんなところに行ってみたらよかったと、よく教えてくださった方。頭に浮かぶのはいつものお客様の姿で、あれこれ思い出すほど寂しさが身にしみてきます。いい大人なのに、と思いつつポロポロ泣けます。

朝、香をたいて水を替え、父母にあいさつをするときに、お客様にもお話しました。そちらにいらっしゃったんですね。親しくしていただいて、ありがとうございました。たまには雲の上から、店ものぞいてください。

「これ、お宅のお孫ちゃんだよね」市の広報誌にわたしの孫が載ったとき、切り抜いて持ってきてくださったのも思い出されて。スタッフがきれいにパウチしてくれたのを、レジの横に大事に貼ってあります。

二〇二二年十一月二十四日

朝のさんぽ

静けさに包まれた夜

くぅーん。耳元で、隣りに寝ていた犬が鼻を鳴らします。まだ夜中。おしっこがしたくなったようです。以前は自分で階下に行って戻って来られたのですが、目がわるくなってからは、わたしを起こすようになりました。犬を居間まで抱っこしていきます。しーん、と静か。部屋もすっかり冷えていて、寒い寒い。……でもこの感じ、懐かしい。

子供たちは冬の生まれでした。夜中におっぱいだ、おむつ替えだと数回、暖かいふとんから抜け出すのはしんどかった。居間はやっぱり寒くて、急いでつけたファンヒーターの前で赤ん坊を抱っこしたまま、暖まるのを待ちました。

外を走る車の音もしなければ、ピンポーン、と訪ねてくる人もない夜中。ひとりで起きているのが心細くて、（赤ちゃんて、いつになったら朝まで寝るようになるんだろう）と不安な気持ちが膨らんだりもしました。

母は病弱でした。そのせいか、わりと早いうちから、あれこれ覚えていられなくなりました。わたしも時々、実家に泊まりに行っていたのですが、ある晩トイレに行こうと起きると居間に灯りが。寝られない母が起きていることはよくあったので、またかなと思いつつ、様子をうかがうと。

背を丸め、小さなノートを広げて熱心に見つめている姿がありました。几帳面だった母は、忘れてしまわないように、細かいことを書きつけていたのです。でも、そのときは自分で書いた字を見ても、何のことだったのか思い出せずにいたようで。

静けさに包まれた夜、母を邪魔するものは何もなく、集中し過ぎてしまうのは身体によくない気もしました。とはいえ、今、声を掛けて驚かせるのもちがうような気がする。結局、わたしは何もできませんでした。


夜中に書いた手紙や考えたことは、夜が明けてから見直したほうがいいと言います。ひとり、感情に浸ったり、考えごとに没頭できたりする夜は、とかく深く掘り下げてしまいがち。陽の光を浴びながら振り返ってみれば、大げさでは?と、おかしく思えたり、そこまで突きつめて考えた自分に、憐みを感じたり。

とりわけ冬の夜中は、寒くてさみしくなって、迷走してしまうような気がします。とりあえずよく寝て、あとは夜が明けてから。用を足した犬を抱き上げて、あったかいふとんに戻ろうねと居間の灯りを消しました。

二〇二三年一月五日

大阪の串カツ

活気のあるお店や商店街に学ぼう！と出かけることがあります。今回は年末の大阪。人出は思ったよりずっと多く、新年を迎えるための買い物でにぎわっていました。

あちこち見て歩き、さあ、そろそろお昼にしようと数軒、のぞいたのですが、その界隈では満席だったり入店待ちの列ができていたり。入れるお店を探しながら歩いているうちに、地下街の端まで来てしまいました。

そこに串カツのお店が。ちょうどお客さんの入れ替わる時間なのか、座れそうです。夫は大阪で、何度か串カツを楽しんでいます。わたしは食べたことがありません。普段、油分少なめの食事が多いので、食べられるか、ちょっと不安。……いいか。万が一のときは、笑顔で夫にすすめよう。

心配は無用でした。せっかく油分を摂取するならとロースを頼んだのですが、中はしっとり外はさくっと香ばしい。衣は思ったよりずっと薄くて食べやすく、小皿に入った二種類のソースで味の変化も楽しめます。夫が頼んだ野菜の串も分けてもらって堪能。おいしかった。

ごちそうさまでした、と席を立つと、レジにいたのは給仕をしてくれた女性の店員さんでした。支払いをした後、「串カツ、初めて頂いたんです。思ってたよりずっと、食べやすかった」と言うと、少し驚いたようでしたが、「でもね、もっとラードを使って重い感じの店もある。わたしらぐらいの歳だと、ちょっとね。たれの付け方もいろいろあるから、みんなここみたいだと思わないほうがいいよ」

なるほど。そういうことを知らずに他のお店に入ったら、（あれ、前に食べたのと、なんかちがう？）とモヤモヤしたかもしれません。

教えてもらってよかった、と夫に話しながら振り返ると、後から入ってきたお客さんたちで店の中はにぎやか。気の利いたアドバイスも繁盛店の秘けつかな。またひとつ学ばせてもらった大阪の街でした。

二〇二三年一月三十日

やっぱりヒトは大事

沖縄の空港から帰ってくるときのはなしです。搭乗手続きをするフロアには、縦長のカプセルのような装置がずらりと並んでいて、そこに自分でスーツケースを入れて預けます。前にもやったけど、忘れちゃったなあと思いつつ、スーツケースを台に載せ、搭乗券をスキャンすると、名前と行き先が印字された細長いタグがつるつると出てきました。

「確認、のボタン押しなよ」

もう自分のを預けた夫が隣りで言うのですが、まだスーツケースにタグを付けてないのにボタンを押したら、装置のふたが降りてきてしまいそう。

「タグが出てきたのを確認、だから押さないと」

せかされて渋々ボタンを押すと、案の定、透明なふたがゆっくり降りてきてしまいました。名前をつけてないのに、スーツケースが収納されてしまう。わたしは大慌て。

「閉まっちゃったよ！　タグ、付けてないのに」

そのときでした。

「もう一度、開きます。大丈夫ですよ」と背後から声が。

夫はそちらにむかって頭を下げたようでしたが、わたしはカプセルに入ってしまったスーツケースから目が離せません。ほんとうに開いてくれる？

計量や金属探知のためだったのでしょうか、降りたふたは、言われた通り、ほどなくゆっくり上がり始めました。ああ、よかった。

タグをつけた荷物が無事に収納されたのを見届けて振り返ると、後ろにいたのはビジネスマンらしい方でした。「ありがとうございます」もう一度開くと教えてもらわなかったら、わたしはもっと青くなっていたことでしょう。


人手を必要としない新しいシステムは、簡単に使えて便利なのですが、そこそこわかっているつもりで手を出すと、あわてることもたびたび。最新の技術だから、誰にでも大丈夫！という訳ではないのです。

ナビに案内してもらって運転しながら、えー、こんなに細い道でいいの?と疑ったり、レジで割引クーポンを使おうと思ったら、スマホのどこかに隠れてしまってあせったり。そんなときお世話になるのは、道を教えてくれる人や、パパッとクーポンを見つけ出してくれる店員さんなのです。やっぱりヒトは大事だなあ。

「そんなことばかり言ってるとね、時代に取り残されるよ」と夫。

わかってます。わかってはいるのですが……。

二〇二三年二月二十八日

畳の海で泳ぎたい

うーん、いい匂い。スーッとふすまを開けたら、薄緑色のきれいな畳が迎えてくれました。その日、泊まることになっていた建物は古いと聞いていたのですが、改装したばかりなのかとてもきれい。いぐさの匂いも、久しぶりです。

小さいとき、ピアノを習っていました。いい生徒ではなかったので、もっと練習しようね、とたびたび先生に諭されたのですが、それはなぜか畳がずっと向こうまで広がる大広間で。ピアノがある部屋の隣りは、大きな仏さまもいらっしゃる畳敷きのお堂だったのです。先生がお寺さんの娘さんだったのかもしれませんが、レッスン後、畳の上で〝お説教〟です。

そんなとき、わたしの心をわしづかみにしていたのは、どこまでも広がる（ように見えた）畳の海。腹ばいになって手足を動かし「泳ぎまーす」と家でもよくやっていたのですが、もう、この広さはほんとに海だよなあ、ああ、泳ぎたい……とうっとり。でも先生はお話しているし、大きい仏さまもちょっとこわいし、ということで叶いませんでした。

そのピアノ教室はにぎわう温泉地にありました。おじいちゃん、おばあちゃんがうちに来ると、日がな一日遊びに行く温泉施設もありました。

お風呂はいろいろあってもちろん楽しいのですが、それにも負けない魅力の大広間。派手な緞帳のついたステージが前面にあり、あとは延々、畳敷き。脚の短い長テーブルと座布団が何列にも並び、皆それぞれ好きな場所に陣取ってくつろぎます。持ってきたおにぎりでお腹がふくれたら、ステージのショーを見ながらゴロゴロ。お風呂で気持ちよく温まったら、座布団を枕にウトウト。畳の上にころがれるのは、なんて安気なことでしょう。

現在の我が家に畳の部屋はありません。ひとつだけあった和室は夫の仕事部屋になり、机といすを使うのでフローリングに替えました。実家でも畳から立ち上がるよりソファーを使うほうが楽だと、フローリングに。ですが、暮らしに畳を取り入れたい気持ちは、歳とともに増してきます。

家に関する本を見ていたら、居間の一角を畳敷きにして持ち上げ、腰掛け兼、下部収納、もちろん上で寝ころがることもできるという施工例を見つけました。これは、いい。毎日、楽しく過ごせそう。くつろぐ自分を想像したら、鼻先にいぐさの匂いも蘇った春の日です。

二〇二三年三月三十一日

獣医さんのおかげ

小さい犬がいました。可愛がられてのんびり暮らしていました。そこへ元気な子犬がやってきました。パタパタ走り回って、皆の注目を集めます。小さい犬はびっくり。ちょっと面白くない気もします。

そんなある日、注射をするため、小さい犬をわたしが獣医さんへ連れて行くことになりました。元気な子犬がうちに来て、この小さい犬はどうもいじけているようだと伝えると、「そうかあ。それなら何でも、前からいるこの子、ファーストでね。子犬のほうはふうん、そういうものか、と思うだけだから大丈夫」

なるほど。獣医さんに言われた通り、えさをやるのも、寝るときに連れて行くのも小さい犬を先に。すると、そうだよね、と納得したのでしょうか。少しずつ、小さい犬の暮らしは落ち着いていきました。

冷える季節になった頃、いつも元気な子犬のお腹がゆるくなりました。力が出なくなってはかわいそうなので、獣医さんに連れて行きました。

「犬も冷えるんですか」「それは冷えますよ。寒いときは暖かくしてあげないと」そうだったんだ。犬は温かい毛皮をまとっているので、大丈夫だろうと油断していたのです。早速、腹巻とちゃんちゃんこを用意して着せると、心なしかうれしそう。ほどなくお腹も治りました。

それから数年たちました。夫が首をひねっています。「おいで、と言っても尻込みしたり、何でそっちに？と思うほうに歩いたりするんだよ」元気な犬のことです。「もしかすると……」不安は的中。目がわるくなっていました。専門の獣医さんにも診てもらいましたが、あまり見えていないようだという結果に、わたしはめそめそ。二階で洗濯物を干していれば、トントン階段を上がってのぞきに来たのに。

獣医さんは言いました。「犬はそんなに悲観していませんよ。あれ、なんか変だなあとは思っているかもしれない。でも目がわるくても、鼻はきく。これまでの記憶もある。今は、さて、どうしようかなと考えているところだと思います」

本当にそうだったのかもしれません。犬は今、元気です。散歩は相変わらず大好きで、家の中も上手に歩き回っています。

いろいろありましたが、毎度、なんとかなったのは獣医さんのおかげ。わたしにシッポがあったなら、フリフリしたいくらい感謝しています。

二〇二三年四月二十九日

日々の記録

小学校の高学年になった頃、花柄や動物柄のかわいい日記帳が流行りました。鍵付きのもあったかな。折しも、クラスのかっこいい男の子が話題になったり、同級生なのにえらいなあ、と思うような大人っぽい子も出てきたりする頃。自分だけの日記帳に、毎晩みっしりと思うところをつづりました。

高校を卒業して上京の準備をしていたとき、その頃の日記帳を見つけました。何気なく開いて、びっくり。まじめで、向上心にあふれています。これ、ほんとにわたしが書いたんだろうか、と思うと同時に、のらりくらりしている今の自分が恥ずかしくなり、だめだ、これは家に置いていけない。少女まんがの主人公のように、庭でたき火をして処分したのでした。

再び日記らしきものを書き始めたのは、ずいぶん後、結婚して子供が生まれてからのこと。赤ちゃん雑誌の付録に、育児ノートがついていたのですが、一日三行ほど書けばいっぱいになるのが、ちょうどよく。書く習慣もついて、数年後には、十年先までの日付が入った日記帳も買いました。

ところが、その頃から仕事や子供のことで、だんだん忙しくなってしまいます。三年分ぐらいは書きましたが、残りのページは白いまま、終わりを迎えてしまいました。

暮らしが落ち着いて、また書きたいなと思ったとき、考えました。どんな風にやったら、続けていけるだろう。シンプルに、その日にあったいいことを一つ書く、というやり方を知って、それもよさそうと思いましたが、まてよ。いいことも、そうでないこともあっての一日。日々の記録としては、かたよってしまうかな。そもそも日記といえば、その日の心情を書くイメージがあるけれど、後で読み返したときや、人の目にふれたときに恥ずかしいのも、ちょっとなあ。

結局、今は大きめの手帳に、朝からやったことだけを順番に書いています。片づけ、冬物の洗濯、少しひるね……という具合に。無味乾燥なようですが、これが結構、役に立っています。ネットで何を注文したとか、いつどこへ出かけたとか、覚えていそうだけれど忘れてしまいがちなことも、手帳を開けばすぐにわかるのです。

一方で、小学生になりたての夏休み、先生が「日記に、やったことだけ書くのはだめですよ」と話されたのも思い出されて。たまには、その日の気分でも書いておこうかな。まだ進化の余地はありそうなわたしの日記です。

二〇二三年五月二十八日

ツアー旅行で北海道へ

数年前、上高地に行ってみたいと思ったとき、マイカー規制はあるけれど、バスツアーならOKと知って、お世話になりました。父を初めて沖縄へ連れて行ったときも、効率よく有名なスポットを観光できるね、とツアー旅行で。そして今回、行ってみたいけどとても広くて、どう訪ねていいかわからない北海道に、ツアーで連れて行ってもらうことにしました。観光名所を巡る旅です。

参加者は、同年代から年上の方たち。みなさん、とても慣れている様子。夫が「筆記用具、持ってる？」と言うので、「何で？」と聞くと「添乗員さんが次の集合時間を言うと、みんな、旅程表を広げてサッとメモする。ペンは手元にあったほうがいい。僕も持ってきたんだけど」とバッグの中をゴソゴソ。でも、すぐには見つからないところが、みなさんとの差のようで。

バスは席の前にゆとりがあり、快適です。降りるたびに持っていくリュックは足元に置き、バスに置いておきたい予備のタオルや車内で食べるお菓子などは別のバックに入れて、膝の上に。のんびり過ごし、何気なく辺りを見回したとき、斜め前の席に目がとまりました。そこの席の方は､前の座席に付いている小さな手すりにS字フックを引っかけて、バッグを掛けています。いい考え！　膝の上に置かずに済めば、ウトウトしても落とす心配はありません。小声で夫にも教えました。「ああやって掛けるの、いいね」次の機会には、わたしもやってみよう。


さて、バスツアーにもなじんできた三日目の夜、夕食会場は小樽のお寿司屋さんでした。それまではビュッフェスタイルの食事だったので、参加者が一つの部屋で、顔を付き合わせて食事するのは初めて。隣りには、北海道には何度も来ているという達人ご夫婦が。次の集合時間まで五十分というのが気になっていましたが、回ってないお寿司は久しぶりだし、お酒も頼んでいい気分に。

二十分ぐらいたった頃、席を立つ人がいました。お手洗いかなと思いましたが、それからも出て行く人がぽちぽちと。え、もう、バスに戻るの？　もう食べちゃったの？　のろまなわたしは大慌て。まだ半分も食べていません。それを察した隣りのご主人、「夕食はゆっくり頂きたいよね。まだ時間はあるし、わたしたちと一緒にバスに戻ればいいから」ありがたい気遣いもお腹に沁みます。

店を出るとき、店員さんに「ツアーの方は皆さん、食べるの、早いんですか」と尋ねると「そうですねえ。さっと食べて行かれる方が、多いかな」とのこと。

奥が深いぞ、ツアー旅行。なじんできた、と思ったのは時期尚早だったようで。うまく楽しむ術をもっと身に着けるべく、またの参加を心に決めたわたしです。

二〇二三年六月二十九日

朝のさんぽ

「しばらく焙煎の量が多いんだ。朝、早く始めたいんで犬のさんぽ、頼むね」

普段、さんぽは早起きな夫の担当で、寝坊助のわたしが代行するのはまれです。

二匹の犬たちは、さんぽが大好き。いつ何時でも「さんぽ」と聞こえると、「あ、今、さんぽ、って言いましたよね？」と寄ってくるほど。だからといって、いい子で歩く訳でもないのです。

小さい犬は、常に鼻をヒクヒク。屋外ならではの、興味をそそられるにおいがあるらしく、何か鼻先に感じ取ると、ピタっと急停止。そこから動かずに「あっちへ行きたいんですけど」と目で訴えてきます。夫は付き合いよく、行かせてやるようですが、わたしは「しょっちゅう止まってると、さんぽにならないからね、行きますよ」とリードをくぃくぃ。小さい犬は不満そうです。

その点、大きい犬は一緒に歩きます。でも、こわがり。目がわるい分、音には敏感で、バイクや自転車の音を聞きつけると、ワンワン！　犬やヒトの足音もわかるようで、相性のわるいワンちゃんのことは、驚くほど遠くから察知。他の犬やヒトには、吠えないことが多いけれど、いつもとは限らないので気は抜けません。

犬にも犬の理由があるにせよ、朝の静かな時間に、あまりワンワン！するのはどうかと。それで犬を連れた人を見かけると、近くの角で曲がったり、くるりと引き返したり。何度も遭遇する日には、逃げ回っているような感じに。

脇目も振らずクールに歩いていくワンちゃんを見ていたら、飼い主さんもスッスッと歩いていて、格好いい。うらやましいなあ。

おまけに、早い時間から暑くなってきました。六時半に出ていけば、涼しいうちに帰って来られたのに、だめだ、十五分早めよう。もう十五分……と、ついに六時前に家を出ることに。ただでさえ苦手な早起き。昼間、眠くてたまりません。

それを口実に毎日、昼寝をしたり、散歩の後、朝食までの時間に、換気や水まきをして快適に過ごせたり、いいこともなくはなかったのですが。

二週間後、「ありがとう。そろそろ、犬のさんぽ、行けそうだ」と、聞いたときは脱力。犬たちは、もちろん大喜び。「ぱぱ、行きたいほうに行かせてくださいね」「もっと、ずんずん歩きたいです」と言っているかのように、ご機嫌だそうで。

でも一番、喜んでいるのは、このわたし。いっとき、時計のアラームが鳴る前に目が覚めるようになったときは、このまま朝型人間になって、さんぽする?……と思ったのですが、あっという間の元通り。階下から「朝だよー、もう起きなよ」と呼ぶ声を聞きながら、やっぱりこれでいいや、と思うなまけものです。

二〇二三年八月二十七日

不織布のバッグ

唐突に思い出し、我ながらよく、こんな昔のことを覚えていたもんだと驚くことがあります。つい最近も。幼稚園で作ったバッグのことです。

作った、といっても白い袋に、持ち手もはじめからついていたような。とにかく、白くて平たいバッグがあって、好きな絵や柄《がら》をつけていいよと言われて、うれしかったのです。わたしはいろんな色のクレヨンで、波の柄をぼよん、ぼよんと幾重にも描きました。自分だけのバッグ！　しかもこのバッグ、なんだか強そう。家で作る、のりやテープで貼り合わせた紙のバッグは、静かに物を入れないとビリッと破けちゃう。でも、これなら、ちょっと大きいものも入りそうだし、ほんとに持って歩けそう。その丈夫さも魅力的でした。

そして今、気がつきました。あれは不織布で作ってあったんじゃないかな。


ところで、どうして「不織布」っていうんだろう？　と、言うのは、織ってあるように見えたからです。実際は、繊維をくっつけたり、からませたりしてあるらしい。通気性、保温性などがあり、作り方によって柔らかにも強くもなる。織らない分、安く作れるため、使い捨てのマスクやおむつなどにも用いられるのだそうです。よくよく、お世話になっています。

それでも、一時期よりマスクの製造量が減って、余るようになった不織布。考えたメーカーさんが、服作りの型紙用に販売したら、ヒット商品になったと聞きました。裁縫が得意だったわたしの母は、服を縫うときに、よく包装紙や新聞紙で型紙をおこしていました。でも、しわになったり、破けたりするんですね。その点、不織布は丈夫で、たくさん服を作る専門の方にも重宝されているのでしょう。

革製品などを買うと、傷がつかないように、不織布でくるまれていることがあります。それを適当な大きさに切ってモップにはさみ、ほこり取りに。軽く湿らせ、汚れ落としに。ネットにもいろんな活用法があがっています。わたしはやっぱり、その丈夫さを子供に楽しんでもらいたいな。

携帯に送られてきた、孫娘の画像が勇ましくて笑いました。お兄ちゃんが作ったと思われる変身ベルトを腰に巻き、真剣な顔で片手を突き上げてポーズ！ かっこいいベルトは、何でできてるのかな。不織布で作ったら、悪者と戦っても壊れないよ。知恵を授け、未来の戦隊メンバーを育ててしまいそうなわたしです。

二〇二三年九月二十九日

顔認識と雰囲気つかみ派

「『サカイさん、プールにいるときは普通におしゃべりするのに、よそで会うとスーッと行っちゃうんだよね』って、誰か言ってたよ」と、水泳のお友だち。これは、これは。失礼なことをしているようです。

普段、ぼんやり歩いているからかな。いや、考え事をしながら歩いていて、上の空だったのかも。でも、一番の原因は、そうそう知っている人には会わないだろうと思っているからかもしれません。ところが。

ある日、夫と名古屋の地下街にいたときのこと。例によって、わたしはぼんやり歩いていたのですが、夫がすれ違った人に会釈をしました。

「どなたでした?」と聞くと、「わからなかった? 店のお客さんだよ」

いやいや、店にいるならともかく、名古屋の街まで来てるのに、わかるほうがすごいって。

「たくさん人が歩いているのに、よくわかったね?」と聞くと、彼は人の顔を、それぞれの部分で覚えているのだそうです。目はこんなふう、鼻は……、口は……と、無意識にパーツごと記憶している。そして必要なときに、それらがモンタージュ写真を作るように頭の中で合わさって、誰であるか判断できてしまうらしいのです。

言われてみれば、彼は似顔絵を描くのもじょうずだし、テレビに出ている俳優さんを見て、いついつの、こういう役でも出ていたね、とよく覚えています。役柄によって服装やメイクも変わるのに、ずいぶん前のちょっとした役でもわかるのが不思議でしたが、そうやって顔認識をしていたんだと納得しました。

わたしはゆるく、雰囲気つかみ派です。近視で、メガネをかけていましたが、老眼で手元が見づらくなりました。かと言って遠近両用にするほどでもなく、今はあまりメガネをかけないのですが、手元を優先すると離れたところは見えにくい。おや、誰かな、と思うとその人の体形、背の高さ、着ている服の雰囲気などで、まず判断します。それで結構、なんとかなるのですが。

たまに、やってしまいます。先日も、あ、水泳の先輩だ、とうれしくなって「おはようございます！」と元気にあいさつしたら……あわわ。ちがう方でした。うーん、恥ずかしい。

「人ちがい　穴がなくても　入りたい」

「人ちがい　穴、掘ってでも　入りたい」

二〇二三年十月三十一日

スマホのクーポン

どうしよう。画面で、まるがクルクル回って、止まりません。

スマホを使い始めた頃でした。プレゼント用に服を買いたくて、そういえば割引クーポンあるかも、と探したら、あった、あった。よく利用するお店のアプリを入れて、会員登録もしておくと便利だと聞いたので、数日前にやったばかりでした。

レジで「お願いします」。服とスマホをカウンターに置きます。

「このクーポン、使わせてもらえますか」

「では、ここを押してください」

そこを押したら、まるがクルクル回りだしたのです。

店員さんと画面を見つめていましたが止まる様子はなく、後ろにはお客さんも並んでしまいました。あせり出したとき、「Wi-Fiを……」と店員さん。え、わいふぁい?……だ、だめだ。首を伸ばして夫を探し、レジに来てもらって選手交代。

結局、店内にとんでいる強い電波につなぎ変えることで、無事にクーポンを使わせてもらいました。しかし、あわてたなあ。

後日、うちに来た息子に、かくかくしかじかと話したところ、「あー、あるある。だからね、レジに行く前につながり具合を確かめて、クーポンも『利用する』の手前まで進めておくといいよ」と言います。そうか、若者でもこれだけ段取りを考えているのだから、簡単に使えると思わないほうがいいんだな、と反省。またクルクルが出たら困るし、と、それからはスマホのクーポンをあまり使いませんでした。

先日、薬局で買い物をして、レジでスマホの会員証を見せたら、「使えるクーポンがありますよ」と教えてくれました。「ここを押してください」言われた通りに押します。「あ、こちらのクーポンも使えます」え、新パターン。ふたつも使っていいの？　だいたい、どうやって？　店員さんが「ここを」と指差してくれたところには、なんと「クーポンをまとめて使う」という進化した仕組みがあったのです。

休みの日にスーパーに行って、フードコートで何を食べようとキョロキョロしていたら、すれ違った男性に手渡されました。「ハイ、クーポン」若い外人さんがくれたのは、彼が食事をしてもらったと思われる、紙の割引クーポンでした。目の前のラーメン屋さんのです。

やっぱ、これだなあ。浦島たろ子と笑われようと、紙のクーポンはわかりやすくて、ありがたい。もちろん、使わせてもらいました。

二〇二三年十一月二十四日

大袋の生豆を運ぶ運送屋さん

コーヒーの生豆は、水分を含んでいて重い。それを運ぶのはかなり大変な仕事です。でも店に生豆を持ってきてくれる運送屋さんに、すごく大きな人はいません。むしろ、え、大丈夫ですか？と思うほどスリムだったり、細マッチョなのかもしれませんが、見かけは普通の人だったりする。なのに、大きいものでは七十キロもある、形の定まらない麻袋入りの生豆をトラックから降ろし、抱きかかえ、確かな足取りで焙煎室に運んでくれる。「ここでいいですか」と気遣いまで示してもらった日には、ファンになってしまいます。

ですが、なにごとにも「そうでない」ことはあるもの。生豆の重さにうんざりしたのか、「もっと小さい袋で取ったらどうです？」と店長に意見した人がいると聞いたときは、笑いました。ほかにも、わたしが応対に出ていくと、ニコニコしながら「だんなさん、いる？」と、はなから店長の補助をあてにする人も。

厳密に言えば、トラックから焙煎室に運んでもらうのは、おまけの仕事なのだそう。ただ、今まで「運びのプロ」と思えるような方たちに、みごとに運んでもらっていたので、大変そうなところを見ると、ちょっと驚きました。もちろん、店長も呼ばれれば補助に入ります。

腰を痛めたりケガをしたりすると困るので、腰を守るコルセットは必ず、巻いていきます。そして、どうやったら無理なく運べるか、考えていたそうです。……トラックの荷台の際に、台車をつける。生豆の袋をその上に垂直に降ろして、焙煎室までゆっくり運べば、あとはなんとか。

「や、いい台車ですねえ。大きいし、ブレーキもついてるし！」

生豆の大袋を載せてもひっくり返らない台車に新調したら、運送屋さんにほめてもらったそうです。そう、そう。ずるずるっと動いてしまわないように、ブレーキはあったほうがいい。

「やっぱ、専門の人はよくわかってるな」店長はうれしそう。

顔なじみの「運びのプロ」にも、入れ替わりがあります。担当の地域が変わってうちの店にはみえなくなったり、歳が増えてさすがにキツくなった、と若手の方に変わったり。頼りにしている分、残念ですし、寂しくもなりますが、仕方ありません。

先日は、「こんにちは！」と爽やかに現れた女性配送員の方が、重たい箱を運びこんでくれました。ワンボックスの軽自動車でやってきて、涼しい顔で大袋の生豆を運んでくれるニューフェイスのお兄さんもいます。

さてさて、新しい年、生豆はどんなご縁とともにやってくるのでしょうか。

二〇二四年一月三日

おばあちゃんちに立ち寄る

行ってみようか、やめようか。……いや、今日、行かなかったら、またしばらくは行けなくなる。交差点を右折し、わたしはおばあちゃんちをめざしました。

子供の頃は、休みになれば泊めてもらって、いとこと川で水遊び。お寺の境内でラジオ体操、畑をやるおじいちゃんのリヤカーに乗せてもらったり。

思い出がいっぱいですが、大人になってから、そして結婚してからは、なかなか行けなくなりました。実家まで行っても、おばあちゃんちはさらに一時間半ほど先。すごく遠くではありませんが、仕事や家のことをやりくりして出てくるので、どうしてもせわしい。足をのばす余裕がありませんでした。

頭のすみで、今はどんなふうだろう、と気にはしていたのです。あるとき、「うちのそばにコンビニできたんだよ」いとこに電話で聞いて、行きたい気持ちが膨らんでしまいました。変わったのかな、とても。

用事ができて、そちらへ出かけることになったのは、それからすぐのことでした。もしかしたら、おばあちゃんちに立ち寄れるくらいの時間はあるかもしれない。ちょっとしたお土産もかばんに入れておきます。

車で出発して、びっくり。高速道路は以前より、はやい速度で走っていいことに。新しい道やインターもできていて、思ったより早く、どんどん行けます。早めに出てきた分、どこかで時間調整したほうがよさそうなほど。

おばあちゃんちに、寄れる。……けど、どうしよう。久しぶりに訪ねて、わからないほど変わっていたら、寂しくなるかも。まったく勝手な話ですが。

車を走らせながら葛藤していましたが、今しかない、行ってみようとハンドルをきりました。なつかしいトンネルを抜けると、ああ、こんなふうだった、と記憶がよみがえってきます。家や小さな工場、会社など、建物は変わりこそすれ、のどかに広がって、健在のようす。

道沿いにあるおばあちゃんちを探しつつ、ゆっくり走ります。どの辺だったっけと進んでいくと、コンビニが。もうすぐ?と思ったときに見つけました。

ここだ、ここ。今はいとこや叔父さんが住んでいますが、今日はいなさそう。コンビニでひと休みしてから、来てみることにします。

「いらっしゃいませ」店員さんの名札も、ああ、と思うなつかしさ。大人たちのおしゃべりに出てきたような、その土地に多い苗字です。

やっぱり、来てよかった。玄関ポストの脇にお土産の袋を置いて、また来ますね、と車に乗りました。

二〇二四年一月三十一日

謎のベトナム料理店

ガイドブックを見ていた夫が言いました。「今日はベトナム料理にしよう」

え、旅先で？　ここは日本だよ。郷土料理とか、食べないの？　一瞬、思ったのですが、待てよ。ここでしか食べられない、おいしいベトナム料理もあるかも。わたしはいつものように、しっぽを振りながらついていくことにしました。

狭い階段を下りてドアを開けると、下町の食堂のような庶民的なお店です。

「いらっしゃいませ」若い男の子と、料理人らしい男性がいます。時間が早かったからか、先客はいません。壁際の席に陣取ってメニューを広げると、色鮮やかな料理が目にとびこんできました。美味しそう。早速、三品ほど頼みます。

漂ってくるいいにおいを楽しんでいると、若いカップルが入ってきました。横並びにすわって、仲良くメニューを見ています。いいなあ、若者。

今度は学生さん風の、男の子二人組。席につくと早速、注文するあたり、常連さんなのかもしれません。楽し気におしゃべりを始めました。

ふと、気がつきます。あれ、みんなベトナムの人？　逆インバウンド、というか、わたしたちが海外旅行をしているようだな……と思っていると、料理が運ばれてきました。香辛料の香りに包まれると、さらに異国情緒を感じます。

野菜もふんだんに添えられた肉料理は、味も濃すぎず食べやすい。美味しくいただいていると、「こんばんは」男性客が入ってきました。お、日本人。なんだか、うれしい。

彼は、店の中央にある長テーブルの「予約席」に座りました。ベトナム人の若者たち、数人も一緒です。「何が美味しいのかな。教えてくれよ」察するに、社長さんと実習生の食事会のよう。メニューを見ながら、「どれが食べたい？　好きなもの、頼みなさい」さすが社長、太っ腹。日本語とベトナム語で一生懸命やり取りをしている様子も微笑ましいものです。

そこへ日本人の先輩社員たちもやって来て、合流。店内は一気ににぎやかになりました。給仕を一人でやっている若い男の子は大忙し。いや、彼はもう、けっこう前からあっちへこっちへ、忙しく飛び回っていたのですが、終始ニコニコ、丁寧に接客してくれるのが、素晴らしい。でも、これ以上、忙しくさせてもわるいよね、とわたしたちは席を立ちました。

美味しかったあ、とぶらぶらホテルに戻ります。部屋に着いて、ひといき。

「復習しておこう」とガイドブックを広げた夫が「あれえ？」

なんと、そこに載っているのはちがうお店。「じゃあ、さっきのお店は？」

……謎です。

二〇二四年二月二十八日

楽しかった幼稚園

息子が言います。「三月になったとたん、機嫌がわるくてね」

孫は保育園が大好き。お友だちとも別れたくないのです。初めての集団生活だった保育園。楽しかったのは何より、なのですが。わたしも幼稚園は楽しかったな。

園長先生は牧師さんで、外国の方でした。それまで身近にはいなかった外国のひと。丸いめがねをかけて、にこやかな先生でした。マリンさんというお名前で、マリン先生と言っていましたが、母はフルネームを覚えて、丁寧に呼んでいました。母にとっても、外国の方はまだまだ特別な存在だったのかもしれません。

園で最初に気に入ったのは、子供用のちいさなトイレ。半世紀以上前なので和式でしたが、（ちいさくておもちゃみたい！）そのかわいさに、園に通うのが楽しみになったほどです。

おやつの時間もよかったです。特に好きだったのは、ビスケット。小皿に二枚くらい、のっていたかな。商品名のアルファベットと、小枝のような植物が浮き出て見えるデザイン。（なんだかおしゃれ）と、食べてみたら、ミルクとバターの味で子供心をわしづかみ。まだおせんべいのほうになじみが深かった頃だったので、珍しさもありました。知らなかったおいしいお菓子！　お友だちと一緒に食べるのも、うれしいことでした。

一方で、落ち込み体験もありました。母はまめに料理する人でしたが和食が多く、お弁当の中身も焼き魚、煮物、おかかの上に海苔……と、茶色系。今ではからだにやさしいお弁当、と人気ですが、子供にとってはとても地味。

「ひさこちゃんのおべんとう、いっつも、ちゃいろいよね」と言われてびっくり、がっかり。一度は幼稚園に行かない、とも言ったのですが、やさしい先生に、「お弁当は、お百姓さん、漁師さん、おかあさんが一生懸命作ったものでできているんですよ」と諭されて、深く納得。食べ残しもしなくなりました。

のどかな地方の町で、短い距離だったからか、毎日、乗合バスで通園しました。行きは家の最寄りの停留所からお母さんたちに乗せてもらい、ふたつ目の停留所で「とまります」ボタンを押して、降りる。そこに先生が待っていてくれました。園服のボタンにはひもが巻いてあって、その先っぽに定期券。乗るときも降りるときも、運転手さんにあいさつするんだよと教えられ、今でもバスのお世話になると「ありがとうございました！」と大きめの声で言ってしまいます。

卒園後はみんな、あちこちの小学校にちらばって入学したので、さみしかった。孫の気持ちもわかります。でも、今はスマホでつながっていられるから、大丈夫。

あの頃、園でわたしと遊んだお友達は、どんな大人になったのでしょう。幼稚園にも同窓会があるといいのにな。

二〇二四年三月三十一日

雑草とうまくつきあうには

梅雨入りの時期がやってきました。恵みの雨。大地を潤す雨はありがたい。でも、小さな困りごとも芽を出します。

十分な潤いを味方にして、驚きのはやさで伸びる雑草。草取りをしないと、おそろしくモサモサになります。

どうせやるなら、しっかりやろう！なんて思っていると、めんどうに感じて後回しに。結果、手痛い目にあうことが、ここ数年の経験でわかりました。

暑いときは避けますが、とにかく降っていないときに、少しでもやる。少しでもやれば、少しはましになる。やった分、後で被るしんどさも減るわけです。

「そうそう、一度にやろうなんて、思っちゃだめだよ。無理すると、腰も膝も痛くなる。後々、引きずるからね」草取りのはなしになると、なぜか皆、熱く語ります。

「でも、やろうと思ったときに暑かったり天気がわるかったりすると、先延ばしになっちゃいますよね」

わたしが言うと、別の人が「雨だったら、レインコート着てやるのよ」

え？「草も抜きやすいし」ニコニコ顔で語るその人に「蒸れませんか」とは聞きにくい。やってみればわかるか、とは思っているのですが。

さて、この春はすでに二回、地味に草取りをしました。店の前をやったときは、思いのほか苦戦。しっかり根をはって生えているかための草は、まわりを掘ってみたり力づくで引っぱってみても、びくともしません。この戦いが疲れの原因になるのです。

ほっておけば盛りを過ぎて、だんだん枯れてくる草もあります。そのときに抜けば、労力は少なくてすむ。ただそれまで、目につくところをモサモサにしておくのも、格好わるい。抜けない草は……切っておこうか。全くの自己流ですが、わたしは庭の草木を剪定します。店の前の雑草も、形を整えつつ、適当な長さに切ってみました。ほう、わるくはないかな。さっぱりしたし。

結構な抜け道を作っちゃったもんだ、と思いつつ、いや、極めれば〝雑草とナチュラルに暮らす〟風な、素敵をめざせる気も。

草との気楽なつきあい方を、さらに追求していくわたしです。

二〇二四年六月一日

あとがき

「これから、毎週、店のメルマガ（メールマガジン）出すから。何か、書いてね」

夫に言われ、えっ？と聞き返すと、「何を書いてもいいから」

そうか。何を書いてもいいんだ。……という訳で、書き始めたのが、この「珈琲豆屋のひさこのエッセイ」です。


二〇〇四年の七月にスタート。締め切りがあるので、とにかく身の回りをきょろきょろしながら書き続け、週刊から隔週に、そして月刊になりましたが、気がつけば二十年経っていました。

二〇〇九年に一度、本にまとめましたので、今回はそれ以降のあれこれを載せています。

ショッピングセンターにあった店を閉めて本店に一本化、改装したり、家では子供たちが大人になって独立していったり、変化の多い期間でした。

でも、わたしは相変わらずのなまけものです。

ネット販売や本店のセールで配布する、豆の紹介リーフレットの裏側にエッセイを載せるようになってからは、「読んでますよ」とお声がけいただくこともふえました。身の回りでネタをさがすのも、もはや習慣化しました。みなさんも、いつ何時、エッセイにひっぱり出されるかもしれません。そのときは、どうぞよろしくお願いします。もう出ちゃったよ、という方、ありがとうございました。

書籍化にあたって、今回もイラストを描いてくれた夫に、感謝を。本づくりのあれこれを教えてくださった、ゆいぽおとの山本直子さん、そして、読んでくださった皆様に、心からお礼申し上げます。ありがとうございます。

二〇二四年七月

さかいひさこ

さかい　ひさこ

　一九六三年山梨県生まれ。静岡県で育ち立教大学に進学。卒業後、結婚して愛知県へ。塾講師を経て家業の自家焙煎珈琲店に勤務。

　著書に『珈琲豆屋のひさこのエッセイ』がある。

装画・扉画　酒井　洋
装丁　上野浩二

黄色い自転車
2024年7月31日　初版第1刷　発行
著　者　さかいひさこ
発行者　ゆいぽおと
〒461-0001
名古屋市東区泉一丁目15-23
電話　052（955）8046
ファクシミリ　052（955）8047
https://www.yuiport.co.jp/
発行所　KTC中央出版
〒111-0051
東京都台東区蔵前二丁目14-14
印刷・製本　モリモト印刷株式会社

ISBN978-4-87758-566-2 C0095